Friedrich Schiller

Die Räuber - ein Trauerspiel

Friedrich Schiller

Die Räuber - ein Trauerspiel

ISBN/EAN: 9783744676748

Hergestellt in Europa, USA, Kanada, Australien, Japan

Cover: Foto ©Andreas Hilbeck / pixelio.de

Weitere Bücher finden Sie auf **www.hansebooks.com**

Die Räuber

ein Trauerspiel

von

Friedrich Schiller.

Neue
für die Mannheimer Bühne verbesserte
Original=Auflage.

Mannheim,
bei C. F. Schwan und G. C. Götz.
1788.

Personen.

Maximilian, regierender Graf
von Moor,   Herr Kirchhöfer.

Karl,   ⎫ seine Söhne.   Herr Boeck.
Franz, ⎭   Herr Jsland.

Amalia, seine Nichte.   Mad. Ritter.

Spielgelberg, ⎤   ⎡ Herr Müller.
Schweizer,   ⎢   ⎢ Herr Beil.
Grimm,   ⎢ Libertiner, ⎢ Herr Leonhard.
Schufterle,   nachher Ban= ⎬ Herr Frank.
Roller,   ⎢ diten.   ⎢ Herr Rennschüb.
Razmann,   ⎢   ⎢ Herr Richter.
Roßinsky,   ⎦   ⎣ Herr Epp.

Herrmann, Bastard eines Edel-
mannes,   Herr Beck.

Eine Magistratsperson,   Herr Gern.

Daniel, ein alter Diener,   Herr Backhaus.

Ein Bedienter,   Herr Kayser.

Räuber.

Volk.

Der Ort der Handlung ist Deutschland.

Das Stück spielt in der Zeit, als der ewige Land=
friebe in Deutschland errichtet ward.

Erster Aufzug.

Erster Auftritt.

Franken.

(Saal im Moorischen Schloß.)

Franz. Der alte Moor.

Franz. Aber ist euch auch wohl, Vater! Ihr seht so blaß.

Der alte Moor. Ganz wohl, mein Sohn — was hattest du mir zu sagen?

Franz. Die Post ist angekommen — ein Brief von unserm Korrespondenten in Leipzig --

Der a. Moor. (begierig) Nachrichten von meinem Sohne Karl?

Franz. Hm! Hm! — So ist es. Aber ich fürchte — wenn ihr krank seyd -- nur die leiseste Ahndung habt es zu werden, so laßt mich — ich will zu gelegener Zeit zu euch reden. (halb vor sich) Diese Zeitung ist nicht für einen zerbrechlichen Körper.

Der a. Moor. Gott! Gott! was werd' ich hören?

Franz. Laßt mich vorerst auf die Seite gehen, und eine Thräne des Mitleids vergießen, um meinen verlornen Bruder — Ich sollte schweigen auf ewig — denn er ist euer Sohn; ich sollte seine

A 3   Schande

Schande verhüllen auf ewig — denn er ist mein Bruder. — Aber euch zu gehorchen ist meine erste traurige Pflicht — darum vergebt mir.

D. a. Moor. O Karl! Karl! wüßtest du, wie deine Aufführung das Vaterherz foltert! Wie eine einzige frohe Nachricht von dir meinem Leben zehen Jahre zusetzen würde — da mich nun jede, ach! — einen Schritt näher ans Grab rückt!

Franz. Ist es das, alter Mann, so lebt wohl — wir alle würden noch heute die Haare ausraufen über euerm Sarge.

D. a. Moor. Bleib! — Es ist noch um den kleinen kurzen Schritt zu thun — laß ihm seinen Willen. (indem er sich niedersetzt) Die Sünden seiner Väter werden heimgesucht im dritten und vierten Glied — laß ihn's vollenden.

Franz. (nimmt den Brief aus der Tasche) Ihr kennt unsern Korrespondenten! Seht! den Finger meiner rechten Hand wollt' ich drum geben, dürft ich sagen, er ist ein Lügner, ein schwarzer giftiger Lügner. — Faßt euch! Ihr vergebt mir, wenn ich euch den Brief nicht selbst lesen lasse — noch dürft ihr nicht alles hören.

D. a. Moor. Alles, alles — mein Sohn, du ersparst mir die Krücke.

Franz. (ließt) „Leipzig vom ersten May. Dein Bruder scheint nun das Maas seiner Schande gefüllt zu haben; ich wenigstens kenne nichts über dem, was

was er wirklich erreicht hat, wenn nicht sein Genie das Meinige hierinn übersteigt. Gestern um Mitternacht hatte er den großen Entschluß, nach vierzigtausend Dukaten Schulden — ein hübsches Taschengeld, Vater — nachdem er zuvor die Tochter eines reichen Banquiers allhier entehrt, und ihren Galan, einen braven Jungen von Stand, im Duell auf den Tod verwundet, mit sieben andern, die er mit in sein Luderleben gezogen, dem Arm der Justiz zu entlaufen„ — Vater! um Gotteswillen, Vater! wie wird euch?

D. a. Moor. Es ist genug — Laß ab, mein Sohn!

Franz. Ich schone eurer — „man hat ihm Steckbriefe nachgeschickt; die Beleidigten schreyen laut um Genugthuung; ein Preiß ist auf seinen Kopf gesetzt — der Name Moor„ — Nein! meine arme Lippen sollen nimmermehr einen Vater ermorden! (zerreißt den Brief) Glaubt es nicht, Vater! glaubt ihm keine Sylbe!

D. a. Moor. (weint bitterlich) Mein Name! Mein ehrlicher Name!

Franz. O daß er Moors Namen nicht trüge! daß mein Herz nicht so warm für ihn schlüge! Die gottlose Liebe, die ich nicht vertilgen kann, wird mich noch einmal vor Gottes Richterstuhl anklagen!

D. a. Moor. — meine Aussichten! Meine goldenen Träume!

Franz.

Franz. Das weiß ich wohl. Das ist es ja, was ich eben sagte. Der feurige Geist, der in dem Buben lodert, sagtet ihr immer, der ihn für jeden Reiz von Größe und Schönheit so empfindlich macht; diese Offenheit, die seine Seele aus dem Auge spiegelt, diese Weichheit des Gefühls, dieser männliche Muth, dieser kindische Ehrgeiz, dieser unüberwindliche Starrsinn, und alle diese schöne glänzende Tugenden, die im Vatersöhnchen keimten, werden ihn dereinst zu einem warmen Freund eines Freundes, zu einem treflichen Bürger, zu einem Helden, zu einem großen, großen Manne machen — — Seht ihrs nun, Vater! — Der feurige Geist hat sich entwickelt, ausgebreitet, herrliche Früchte hat er getragen. Seht diese Offenheit, wie hübsch sie sich zur Frechheit herum gedreht hat; seht diese Weichheit, wie zärtlich sie für Koketten girret, wie so empfindsam für die Reize einer Phryne! Seht dieses feurige Genie, wie es das Oel seines Lebens in sechs Jährgen so rein weggebraunt hat, daß er bei lebendigem Leibe umgeht, und da kommen die Leute, und sind so unverschämt, und sagen: C'est l'amour qui a fait ça! Ah! seht doch diesen kühnen unternehmenden Kopf, wie er Plane schmiedet und ausführt, vor denen die Heldenthaten eines Kartouches und Howards verschwinden! — Und wenn erst diese prächtigen Keime zur vollen Reife erwachsen, — was läßt sie auch von einem

so

so zarten Alter Vollkommenes erwarten? — Vielleicht, Vater! erlebet ihr noch die Freude, ihn an
der Fronte eines Heeres zu erblicken, das in der
heiligen Stille der Wälder residiret, und dem müden
Wanderer seine Reise um die Hälfte der Bürde er-
leichtert. — Vielleicht könnt ihr noch, eh' ihr zu
Grabe geht, eine Wallfarth nach seinem Monumente
thun, das er sich zwischen Himmel und Erden errichtet. — Vielleicht, o Vater, Vater, Vater —
seht euch nach einem andern Namen um, sonst deuten
Krämer und Gassenjungen mit Fingern auf euch, die
euren Herrn Sohn auf dem Leipziger Marktplaz im
Portrait gesehen haben.

D. a. Moor. Und auch du, mein Franz! auch
du? O meine Kinder! wie sie nach meinem Herzen
zielen!

Franz. Ihr seht, ich kann auch witzig seyn; aber
mein Witz ist Skorpionstich. — Und dann der trockne
Alltagsmensch, der kalte, hölzerne Franz, und wie
die Titelgen alle heissen mögen, die euch der Kontrast
zwischen ihm und mir mochte eingegeben haben, wenn
er euch auf dem Schooße saß, oder in die Backen
zwickte — der wird einmal zwischen seinen Gränz-
steinen sterben, und modern und vergessen werden,
wenn der Ruhm dieses Universalkopfs von einem
Pole zum andern fliegt — ha! mit gefaltenen Händen
dankt dir, o Himmel! der kalte, trockne, hölzerne
Franz — daß er nicht ist, wie dieser!

D.

D. a. Moor. Vergieb mir, mein Kind; zürne nicht auf einen Vater, der sich in seinen Planen betrogen findet. Der Gott, der mir durch Karln Thränen zusendet, wird sie durch dich, mein Franz! aus meinen Augen wischen.

Franz. Ja, Vater! aus euren Augen soll er sie wischen. Euer Franz wird sein Leben dran setzen, das eurige zu verlängern. Euer Leben ist das Orakel, das ich vor allem zu Rathe ziehe über dem, was ich thun will, der Spiegel, durch den ich alles betrachte. — Keine Pflicht ist mir so heilig, die ich nicht zu brechen bereit bin, wenn's um euer kostbares Leben zu thun ist. — Ihr glaubt mir das?

D. a. Moor. Du hast noch große Pflichten auf dir, mein Sohn — Gott segne dich für das, was du mir warst und seyn wirst!

Franz. Nun sagt mir einmal — wenn ihr diesen Sohn nicht den euren nennen müßtet; ihr wäret ein glücklicher Mann?

D. a. Moor. Stille! o stille! da ihn die Wehmutter mir brachte, hub ich ihn gen Himmel, und rief: bin ich nicht ein glücklicher Mann?

Franz. Das sagtet ihr. Nun habt ihrs gefunden? Ihr beneidet den schlechtesten eurer Knechte, daß er nicht Vater ist zu diesem — ihr habt Kummer, so lang ihr diesen Sohn habt. Dieser Kummer wird wachsen mit Karln. Dieser Kummer wird euer Leben untergraben.

D.

D. a. Moor. O! er hat mich zu einem achtzigjährigen Manne gemacht.

Franz. Nun also — wenn ihr dieses Sohnes euch entäuſſertet?

D. a. Moor. (auffahrend) Franz! Franz! was ſagſt du? Du willſt, ich ſoll meinen Sohn verfluchen?

Franz. Nicht doch! nicht doch! Euren Sohn ſollt ihr nicht verfluchen. Was heiſt ihr euren Sohn? Dem ihr das Leben gegeben habt, wenn er ſich auch alle erſinnliche Mühe giebt, das eurige zu verkürzen?

D. a Moor. Ein unzärtliches Kind! Ach! aber mein Kind doch! mein Kind doch!

Franz. Ein allerliebſtes köſtliches Kind, deſſen ewiges Studium iſt, keinen Vater zu haben. — O daß ihrs begreifen lerntet! daß euch die Schuppen fielen vom Auge! Aber eure Nachſicht muß ihn in ſeinen Liederlichkeiten beveſtigen: euer Vorſchub ihnen Rechtmäßigkeit geben. Ihr werdet freilich den Fluch von ſeinem Haupte laden; aber auf euch, Vater! auf euch wird der Fluch der Verdamniß fallen.

D. a. Moor. Gerecht! ſehr gerecht! — Mein, mein iſt alle Schuld!

Franz. Wie viel Tauſende, die voll ſich geſoffen haben vom Becher der Wolluſt, ſind durch Leiden gebeſſert worden. Und iſt nicht der körperliche Schmerz, den jedes Uebermaas begleitet, ein Fingerzeig des göttl göttlichen Willen. Sollte ihn der Mensch durch seine grausame Zärtlichkeit verkehren? Soll der Vater das ihm anvertraute Pfand auf ewig zu Grund rich, ten? Bedenkt, Vater! wenn ihr ihn seinem Elend auf einige Zeit Preiß geben werdet, wird er nicht entweder umkehren müssen, und sich bessern? Oder er wird auch in der großen Schule des Elends ein Schurke bleiben, und dann, wehe dem Vater, der die Rahschlüsse einer höhern Weisheit durch Ver, zärtlung vernichtet! — Nun, Vater?

D. a. Moor. Ich will ihm schreiben, daß ich meine Hand von ihm wende.

Franz. Da thut ihr recht und klug daran.

D. a. Moor. Daß er nimmer vor meine Augen komme.

Franz. Das wird eine heilsame Wirkung thun.

Der a. Moor. (zärtlich) Bis er anders worden.

Franz. Schon recht, schon recht; — aber wenn er nun kommt mit der Larve des Heuchlers, euer Mitleid erweint, eure Vergebung sich erschmeichelt, und morgen hingeht, und eurer Schwachheit spottet, im Arm seiner Huren? — Nein, Vater! Er wird freiwillig wiederkehren, wenn ihn sein Gewissen rein gesprochen hat.

Der. a. Moor. So will ich ihm auf der Stelle schreiben. (er will gehen)

Franz. Halt! noch ein Wort, Vater! Eure Ent, rüstung, fürchte ich, möchte euch zu harte Worte in

die

die Feder werfen, die ihm das Herz zerspalten würs
den — und dann — glaubt ihr nicht, daß er das
schon für Verzeihung nehmen werde, wenn ihr ihn
noch eines eigenhändigen Schreibens werth haltet?
Darum wirds besser seyn, ihr überlasset das Schreis
ben mir.

D. a. Moor. Thu das, mein Sohn. — Ach!
es hätte mir doch das Herz gebrochen! Schreib
ihm —

Franz. (schnell). Dabei bleibts also?

D. a. Moor. Schreib ihm, daß ich tausend blutige
Thränen, tausend schlaflose Nächte — aber bring
meinen Sohn nicht zur Verzweiflung.

Franz. Wollt ihr euch nicht zu Bette legen,
Vater? Es grief euch hart an.

D. a. Moor. Schreib ihm, daß die väterliche
Brust — ich sage dir, bring meinen Sohn nicht zur
Verzweiflung. (geht kummervoll ab)

Franz. (Begleitet ihn mit spöttischen Blicken)
Tröste dich, Alter! — Du wirst ihn nimmer an diese
Brust drücken! Der Weg dazu ist ihm verrammelt,
wie der Himmel der Hölle. Er war aus deinen
Armen gerissen, ehe du wußtest, daß du es wollen
könntest. — Ich muß doch diese Papiere zusammen
lesen, wie leicht könnte jemand meine Handschrift
kennen? (er ließt die zerrissenen Briefstücke zusammen)
Da müßt' ich ein erbärmlicher Stümper seyn, wenn
ichs nicht einmal so weit gebracht hätte, einen Sohn
vom

vom Herzen des Vaters abzulösen, und wär er mit
ehernen Banden daran geklammert. — Glück zu,
Franz! weg ist das Schooskind! Ein Riesenschritt
zum Ziele! — und ihr muß ich diesen Karl aus
dem Herzen reissen, und wenn das Herz mitgehen
sollte. (auf- und abgehend mit grossen Schritten)
Ich habe grosse Rechte, mit der Natur zu grollen,
und, bey meiner Ehre! ich will sie geltend machen.
Warum mußte sie mir diese Bürde von Häßlichkeit
aufladen? Warum gerade nur mir? (auf den Boden
stampfend) Mord und Tod? warum nur mir!
Nicht anders, als ob sie bei meiner Geburt einen
Rest gesetzt hätte! — Sie verschwor sich wider mich
schon in der Stunde meines Werdens. — Wohlan!
so verschwör ich mich hier wider sie auf ewig. —
Ihre schönsten Werke will ich zerstören, da ich sie
nicht kann Bruder und Schwester nennen. — Den
Bund der Seelen will ich zerreissen, da er mich aus-
schließt. Sie versagte mir das süsse Spiel des Herzens, der Liebe überredendes Geschwätz — so will ich
meine Wünsche ertrotzen mit herrischer Gewalt, so
will ich ausrotten um mich her, was mich einschränkt,
daß ich nicht Herr bin. —

Zweiter Auftritt.

Amalia (kommt langsam durch die hintern Zimmer)
Franz. Sie kömmt! — Aha! meine Arzeneten
würken! — Das lehrt mich ihr Gang — ich liebe
sie

sie nicht — — aber ich will nicht haben, daß ein
anderer durch so viel Reize glücklich werde. — In
meinem Arm sollen sie ihr Grab finden, und niemand geblüht haben. — Hollah! sieh doch! was
macht sie da?

Amalia. (hat, ohne ihn bemerkt zu haben, einen
Blumenstrauß zerrissen, und zertritt ihn mit Füssen.)

Franz. (er tritt näher hämisch) Was wohl diese armen Violen ausbaden müssen. . . .

Amalia. (fährt zusammen, und mißt ihn mit einem
langen Blick) Du hier? Erwünscht! — Dich wollt
ich eben haben, dich allein! — Dich in der ganzen
weiten Schöpfung allein!

Franz. Glücklich! glücklich! Und ich allein dir
jezt alles in der ganzen weiten Schöpfung?

Amalia. Du! Einzig du — heiß und hun-
grig hab ich nach dir gelechzt! Bleib, ich be-
schwöre dich! Ich mache mir Luft, wenn ich
meinen Schmerz in dein Angesicht geifern kann,
Giftmischer!

Franz. Mir diese Begegnung? Kind, du bist
am Unrechten; geh zum Vater.

Amalia. Vater? — Ha, ein Vater, der seinen Sohn auftischt der Verzweiflung! daheim labt
er sich mit süssem, köstlichem Wein, und pflegt
seiner morschen Glieder in Kissen von Eider, während sein großer herrlicher Sohn darbt. — Schämt
euch, ihr Unmenschen! schämt euch, ihr Dra-
chen-

chenseelen, ihr Schande der Menschheit — Sein einziger Sohn!

Franz. Ich dächte, er hätt ihrer zween.

Amalia. Ja, er verdient solche Söhne zu haben, wie du bist. Auf seinem Todbette wird er umsonst die welken Hände ausstrecken nach seinem Karl, und schaudernd zurückfahren, wenn er die eiskalte Hand seines Franzes faßt. O! es ist süß, es ist köstlich süß, von einem Vater verflucht zu werden!

Franz. Du schwärmst, meine Liebe, du bist zu bedauren.

Amalia. O ich bitte dich — bedaurest du deinen Bruder? — Nein, Unmensch, du hassest ihn! Du hassest mich doch auch?

Franz. Ich liebe dich, wie mich selbst, Amalia.

Amalia. Wenn du mich liebst, kannst du mir wohl eine Bitte abschlagen?

Franz. Keine, keine! wenn sie nicht mehr ist, als mein Leben.

Amalia. O! wenn das ist! Eine Bitte, die du so leicht, so gern erfüllen wirst. — (stolz) Hasse mich! Ich müßte feuerroth werden vor Schaam, wenn ich an Karln denke, und mir eben einfiele, daß du mich nicht hassest. Du versprichst mirs doch? Jezt geh, und laß mich.

Franz. Allerliebste Träumerin! wie sehr bewundere ich dein sanftes liebevolles Herz. (ihr auf die Brust klopfend.) Hier, hier herrschte Karl wie ein

Gott

Gott in seinem Tempel, Karl stand vor dir im Wa=
chen, Karl regierte in deinen Träumen, die ganze
Schöpfung schien dir nur in den einzigen zu zerflief=
sen, den einzigen wieder zu strahlen, den einzigen dir
entgegen zu tönen.

Amalia. (bewegt) Ja wahrhaftig, ich gesteh' es.
Euch Barbaren zum Truz will ich's vor aller Welt
gestehen — ich lieb ihn!

Franz. Unmenschlich, grausam! diese Liebe so zu
belohnen! die zu vergessen. —

Amalia. (auffahrend) Was, mich vergessen?

Franz. Hattest du ihm nicht einen Ring an den
Finger gesteckt? Einen Diamantring zum Unter=
pfand deiner Treue! — Freilich nun, wie kann auch
ein Jüngling den Reizen einer Meze Widerstand
thun? Wer wirds ihm auch verdenken, da ihm
sonst nichts mehr übrig war wegzugeben, — und
bezahlte sie ihn nicht mit Wucher dafür mit ihren
Liebkosungen, ihren Umarmungen.

Amalia. (aufgebracht) Meinen Ring einer Meze?

Franz. Pfui, pfui! das ist schändlich. Wohl
aber, wenns nur das wäre! — Ein Ring, so kost=
bar er auch ist, ist im Grunde bei jedem Juden wie=
der zu haben — vielleicht mag ihm die Arbeit daran
nicht gefallen haben — vielleicht hat er einen schönern
dafür eingehandelt.

Amalia. (heftig) Aber meinen Ring — ich sage
meinen Ring?

Franz. Keinen andern, Amalia — Ha! solch ein Kleinod, und an meinem Finger — und von Amalia! — Von hier sollt ihn der Tod nicht gerissen haben — nicht wahr, Amalia? Nicht die Kostbarkeit des Diamantes, nicht die Kunst des Gepräges — die Liebe macht seinen Werth aus. — Liebstes Kind, du weinest? Wehe über den, der diese köstliche Tropfen aus so himmlischen Augen preßt! — ach! und wenn du erst alles müßtest, ihn selbst sähest, ihn unter der Gestalt sähest? —

Amalia. Ungeheuer! wie, unter welcher Gestalt?

Franz. Stille, stille, gute Seele! frage mich nicht aus! (wie vor sich, aber laut) Wenn es doch wenigstens nur einen Schleyer hätte, das garstige Laster, sich dem Auge der Welt zu entstehlen! aber da blickts schrecklich durch den gelben bleifarbenen Augenring! — da verräth sichs im todenblassen eingefallenen Gesicht, und dreht die Knochen häßlich hervor — da stammelts in der halb verstümmelten Stimme — da predigts fürchterlich laut vom zitternden hinschwankenden Gerippe — da durchwühlt es der Knochen innerstes Mark, und nistet abscheulich in den Gruben der viehischen Schande. — Pfui, pfui! mir eckelt. — Du hast jenen Elenden gesehen, Amalia! der in unserem Siechenhause seinen Geist auskeuchte, die Scham schien

ſchien ihr ſcheues Auge vor ihm zuzublinzen — du
rufteſt Wehe über ihn aus. Ruf dieß Bild noch
einmal ganz in deine Seele zurück, und Karl ſteht
vor dir! — Seine Küſſe ſind Peſt, ſeine Lippen
vergiften die deinen!

Amalia. Schamloſer Läſterer! (ſich abwendend)

Franz. Graut dir vor dieſem Karl? ekelt dir
ſchon vor dem matten Gemälde? Geh, gaff ihn
ſelbſt an, deinen ſchönen, engliſchen, göttlichen Karl!
Geh, ſauge ſeinen balſamiſchen Athem ein, und laß
dich von den Ambroſia = Düften begraben, die aus
ſeinem Rachen dampfen! (Amalia verhüllt ſich das
Geſicht) Welches Aufwallen der Liebe! welche Wolluſt
in der Umarmung — Aber iſt es nicht ungerecht,
einen Menſchen um ſeiner ſiechen Auſſenſeite willen
zu verdammen? Auch im elendeſten Krüppel kann
eine große liebenswürdige Seele, wie ein Rubin aus
dem Schlamme glänzen. (boshaft lächelnd) Auch
aus blatterichten Lippen kann ja die Liebe — Freilich,
wenn das Laſter auch die Feſten des Karakters er=
ſchüttert, wenn mit der Keuſchheit auch die Tugend
davon fliegt, wie der Duft aus der welken Roſe
verdampft — Wenn mit dem Körper auch der Geiſt
zum Krüppel verdirbt —

Amalia. (froh auffſpringend) Ha! Karl! Nun
erkenn ich dich wieder! du biſt's noch ganz! ganz!
alles war Lüge! — Weißt du nicht, Böſewicht, daß
Karl unmöglich das werden kann?

Franz.

Franz. (steht einige Zeit tieffinnig, dann dreht er sich plötzlich um zu gehen.)

Amalia. Wohin so eilig, fliehest du vor deiner eigenen Schande?

Franz. (mit verhülltem Geficht) Laß mich, laß mich! — meinen Thränen den Lauf lassen —tyrannischer Vater! den besten deiner Söhne so hinzugeben dem Elend — der ringsumgebenden Schande — Laß mich, Amalia! ich will ihm zu Füssen fallen, auf den Knien will ich ihn beschwören, den ausgesprochenen Fluch auf mich, auf mich zu laden — mich zu enterben — mich — mein Blut — mein Leben — alles —

Amalia. (fällt ihm um den Hals) Bruder meines Karls, bester, liebster Franz!

Franz. O Amalia! wie lieb ich dich um dieser unerschütterten Treue gegen meinen Bruder. — Verzeih, daß ich es wagte, deine Liebe auf diese harte Probe zu setzen! — Wie schön hast du meine Wünsche gerechtfertiget! — Mit diesen Thränen, diesen Seufzern, diesem himmlischen Unwillen — auch für mich, für mich — unsere Seelen stimmten so zusammen.

Amalia. (schüttelt den Kopf) Nein, nein, bei jenem keuschen Lichte des Himmels! kein Aederchen von ihm, kein Fünkchen von seinem Gefühle —

Franz. Es war ein stiller heiterer Abend, der lezte, eh er nach Leipzig abreißte, da er mich mit

sich

sich in jene Laube nahm, wo ihr so oft zusammen saßet in Träumen der Liebe — stumm blieben wir lang — zulezt ergrif er meine Hand, und sprach leise mit Thränen: ich verlasse Amalia, ich weiß nicht — mir ahndets, als hieß es auf ewig — verlaß sie nicht, Bruder! sey ihr Freund — ihr Karl — wenn Karl — nimmer — wiederkehrt — (er stürzt vor ihr nieder, und küßt ihr die Hand mit Heftigkeit) Nimmer, nimmer, nimmer wird er wiederkehren; und ich hab ihm zugesagt mit einem heiligen Eide!

Amalia. (zurückspringend) Verräther! wie ich dich ertappe! In eben dieser Laube beschwur er mich, keiner andern Liebe — wenn er sterben sollte — Siehst du, wie gottlos, wie abscheulich du — geh aus meinen Augen!

Franz. Du kennst mich nicht, Amalia! du kennst mich gar nicht!

Amalia. O ich kenne dich, von jezt an kenne ich dich — und du wolltest ihm gleich seyn? Vor dir sollt er um mich geweinet haben? Vor dir? Ehe hätt' er meinen Namen auf den Pranger geschrieben! Geh den Augenblick!

Franz. Du beleidigst mich!

Amalia. Geh, sag ich. Du hast mir eine kostbare Stunde gestohlen; sie werde dir an deinem Leben abgezogen.

Franz. Du hassest mich.

Amalia. Ich verachte dich, geh!

Franz.

Franz. (mit den Füſſen stampfend) Wart! so sollst du vor mir zittern! mich einem Bettler aufopfern! (zornig ab)

Amalia. Geh, Lotterbube! — Jezt bin ich wieder bei Karln. — Bettler, ſagt er? So hat die Welt ſich umgedreht; Bettler ſind Könige, und Könige ſind Bettler! — Ich möchte die Lumpen, die er anhat, nicht mit dem Purpur der Geſalbten vertauſchen; — der Blick, mit dem er bettelt, das muß ein großer, ein königlicher Blick ſeyn — ein Blick, der die Herrlichkeit, den Pomp, die Triumphe der Großen und Reichen zernichtet! In den Staub mit dir, du prangendes Geſchmeide! (ſie reißt ſich die Perlen vom Hals) Seyd verdammt, Gold und Silber und Juwelen zu tragen, ihr Großen und Reichen! Seyd verdammt, an üppigen Maalen zu zechen! Verdammt, euren Gliedern wohlzuthun auf weichen Polſtern der Wolluſt! Karl! Karl! ſo bin ich dein werth. —
(ab)

Dritter Auftritt.

(An den Gränzen von Sachſen.)

G a ſt h o f.

Karl Moor. (unruhig auf und nieder)

Wo die Kerls auch herumſchlendern? — Gewiß haben ſie einen Ritt gemacht. — He! noch mehr Wein

Wein her! — Und es wird Abend, und keine Post noch da — (die Hand vor die Brust) Knabe! Knabe! wie dir's hier klopft! — Wein! Wein! Ich brauche heut meinen Muth zwiefach — sey's zur Freud' oder Verzweiflung. (man wartet auf, er trinkt, und sezt das Glas ungestüm nieder) Ueber die verfluchte Ungleichheit in der Welt! — Daß Geld verrostet in den Kisten ausgedörrter Pickelhäringe, und Armuth legt Blei an die kühnste Unternehmungen der Jugend — Kerls, die zehnmal krepiren, ehe sie ihre Zinsen überrechnen, trippeln mir die Schwelle ab, eine Hand voll elende Schulden einzutreiben — so warm ich ihnen die Hand drückte — Nur noch einen Tag — Umsonst! Bitten — Schwüre — Thränen prellten ab von ihrer boxledernen Seele.

Vierter Auftritt.

Spiegelberg. (mit Briefen) Voriger.

Spiegelberg. Pest! Pest! Ein Streich auf den andern! Vermaledeyt! Weißt du, Moor? Weißt du? — Man möchte rasend werden.

Moor. Was denn wieder?

Spiegelberg. Du fragst? — Lies — lies selbst — Niedergelegt ist unsere Wirthschaft — Friede in Deutschland — der Teufel hole die Pfaffen.

Moor. Friede in Deutschland!

B 4   Spiegel.

Spiegelberg. Es ist zum Aufhängen — Und das Faustrecht abgeschaft für immer. — Alle Fehden bei Todesstraf verboten. — Mord und Tod! — Krepier, Moor! — Federn werden kritzeln, wo sonst unsre Schwerdter durchhauten.

Moor. (wirft sein Schwerdt nieder) So mögen denn Memmen und Schurken das Regiment führen, und Männer ihre Schwerdter zerbrechen. — Friede in Deutschland! — Geh, diese Zeitung hat dich auf ewig schwarz gebrandmarkt. — Gänsekiele für Schwerdter — Nein! ich mag nicht daran denken — Ich soll meinen Leib pressen in eine Schnürbrust, und meinen Willen in Gesetze schnüren. — Friede in Deutschland! Fluch über den Frieden, der zum Schneckengang verderbt, was Adlerflug geworden wäre! — Der Friede hat noch keinen großen Mann gebildet, aber der Krieg brütet Kolosse und Helden aus. — (bedeutend) — Ah! daß der Geist Hermanns noch in der Asche glimmte — Stelle mich vor ein Heer Kerls, wie ich, und aus Deutschland — aus Deutschland — Doch! Nein! nein! Laß! Es soll herunter! Seine Stunde ist gekommen. — Kein freier Aderschlag in Barbarossa's Enkel mehr übrig — Ich will's Fechten verlernen in meinen väterlichen Haynen.

Spiegelberg. Wie zum Teufel? Du wirst doch den verlohrnen Sohn nicht spielen wollen? — Ein Kerl, wie du, der mit dem Degen mehr auf die

Gesich-

Gesichter geschrieben hat, als drei Schreiber in einem Schaltjahr ins Befehlbuch sudeln. Pfui! schäm dich! -- Das Unglück muß einen großen Mann nicht zur Memme machen.

Moor. Ich will ihn spielen, Moriz! und ich schäme mich nicht. Nenn es Schwäche, daß ich meinen Vater ehre — es ist die Schwäche eines Menschen, und wer sie nicht hat, muß entweder ein Gott oder — ein Vieh seyn. Laß mich immer mitten inne bleiben.

Spiegelberg. Geh, geh! Du bist nicht mehr Moor. Weißt du noch, wie tausendmal du die Flasche in der Hand den alten Filzen hast aufgezogen, und gesagt: Er soll nur drauf les schaben und scharren, du wollest dir dafür die Gurgel absauffen — weißt du noch? He? weißt du noch? O du heilloser, erbärmlicher Prahlhans! Das war noch männlich gesprochen und edelmännisch, aber —

Moor. Verflucht seyst du, daß du mich dran erinnerst! Verflucht ich, daß ich es sagte! Aber es war nur im Dampfe des Weins, und mein Herz hörte nicht, was meine Zunge prahlte.

Spiegelberg. (schüttelt den Kopf) Nein! nein! nein! das kann nicht seyn. Unmöglich, Bruder! das kann dein Ernst nicht seyn. Sag, Brüderchen, ist es nicht die Noth, die dich so stimmt. O! so laß dir nicht bange seyn, wenns auch aufs äusserste kommt. Der Muth wächst mit der Gefahr; die

B 5

Kraft

Kraft erhebt sich im Drang. Das Schicksal muß
große Männer aus uns haben wollen, weil's uns so
quer durch den Weg streicht.

Moor. (ärgerlich) Ich wüßte nicht, worzu wir
den Muth noch haben sollten, und noch nicht gehabt
hätten.

Spiegelberg. So? und du willst also deine
Gaben in dir verwittern laſſen? dein Pfund ver-
graben? Meinst du, deine Stinkereien in Leipzig
machen die Gränzen des menschlichen Wizes aus?
Da laß uns erst in die große Welt kommen. Pa-
ris und London! — wo man Ohrfeigen einhandelt,
wenn man einen mit dem Namen eines ehrlichen
Mannes grüßt. Da ist es auch ein Seelenjubilo,
wenn man das Handwerk ins Große practicirt. —
Du wirst gaffen! Du wirst Augen machen! Wart,
wie man Handschriften nachmacht, Würfel verdreht,
Schlöſſer aufbricht, und den Koffern das Eingeweide
ausschüttet. — Das sollst du noch von Spielberg
lernen! den Schuft soll man an den nächsten besten
Galgen knüpfen, der bei geraden Fingern verhun-
gern will.

Moor. (beiſſend) Wie? Du hast es so weit
gebracht?

Spiegelberg. Ich glaube gar, du setzest ein
Mißtrauen in mich. Wart, laß mich erst warm
werden; du sollst Wunder sehen; dein Gehirnchen
soll sich im Schädel umdrehen, wenn mein kreiſender

Wiz

Wiz in die Wochen kommt. (auf den Tisch schlagend)
Aut Cæsar, aut nihil! Du sollst eifersüchtig über
mich werden.

Moor. (sieht ihn an) Moriz!

Spiegelberg. (steht auf, hitzig) Ja, eifersüchtig — giftig sollst du, sollt ihr alle über mich werden. Ich will Pfiffe ausspinnen, darüber euch der
Verstand stille stehen soll. — Wie es sich aufhellt
in mir! Große Gedanken dämmern auf in meiner
Seele! Riesenplane gähren in meinem schöpferischen
Schedel. Verfluchte Schlafsucht! (sich vor'n Kopf
schlagend) die bisher meine Kräfte in Ketten schlug,
meine Aussichten sperrte und spannte; ich erwache,
fühle, wer ich bin — wer ich werden muß! Geh,
laß mich! Ihr alle sollt noch von mir das Gnaden-
brod haben!

Moor. Du bist ein Narr. Der Wein bramar-
basirt aus deinem Gehirne.

Spiegelberg. (hiziger) „Spiegelberg, wird es
heißen, kannst du heren, Spiegelberg? Es ist Schade, daß du kein General worden bist, Spiegelberg,
wird der König sagen, du hättest die Türken durch
ein Knopfloch gejagt. Ja, hör' ich die Doktors
jammern, es ist unverantwortlich, daß der Mann
nicht die Medicin studiert hat, er hätte ein neues
Kropfpulver erfunden. Ach! und daß er das Ka-
merale nicht zum Fach genommen hat, werden die
Sullys in ihren Kabinetten seufzen, er hätten aus
Steinen

Steinen Louisd'or hervor gezaubert.„ Und Spiegelberg, wird es heissen in Osten und Westen — und
in den Koth mit euch, ihr Memmen, ihr Kröten,
indeß Spielberg mit ausgespreiteten Flügeln zum
Tempel des Nachruhms empor steigt.

Moor. Glück auf den Weg! Steig du auf
Schandsäulen zum Gipfel der Ehre. Im Schatten
meiner väterlichen Hayne, in den Armen meiner
Amalia lockt mich ein edler Vergnügen. Schon die
vorige Woche hab ich meinen Vater um Vergebung
geschrieben, hab ihm nicht den kleinsten Umstand
verschwiegen, und wo Aufrichtigkeit ist, ist auch
Mitleid und Hülfe. Laß uns Abschied nehmen, Mo-
ritz. Wir sehen uns heut, und nie mehr. Die Post
ist angelangt. Die Verzeihung meines Vaters ist
schon innerhalb dieser Stadtmauren.

Fünfter Auftritt.

Schweizer. Grimm. Roller. Schufterle.
(treten auf.)

Roller. Wißt ihr auch, daß man uns auskund-
schaftet? —

Grimm. Daß wir keinen Augenblick sicher sind,
aufgehoben zu werden?

Moor. Mich wunderts nicht. Es gehe, wie es
will! Saht ihr den Razmann nicht? sagt er euch
von keinem Brief, den er an mich hätte?

Roller.

Roller. Schon lang sucht er dich, ich vermuthe
so etwas.

Moor. Wo ist er? wo, wo? (will eilig fort)

Roller. Bleib! wir haben ihn hieher beschieden.
Du zitterst? —

Moor. Ich zittre nicht. Warum sollt ich auch
zittern? Kameraden! Dieser Brief — freut euch
mit mir! Ich bin der Glücklichste unter der Sonne,
warum sollt ich zittern?

Schweizer. (sezt sich an Spiegelbergs.Plaz, und
trinkt seinen Wein aus)

Sechster Auftritt.

Razmann. (tritt auf)

Moor. (fliegt ihm entgegen) Bruder, Bruder,
den Brief! den Brief!

Razmann. (giebt ihn den Brief, den er hastig
aufbricht) Was ist dir? wirst du nicht wie die
Wand?

Moor. Meines Bruders Hand.

Roller. Was treibt denn der Spiegelberg?

Grimm. Der Kerl ist unsinnig. Er macht Ge-
stus, wie beim St. Veitstanz.

Schufterle. Sein Verstand geht im Ring herum.
Ich glaub, er macht Verse.

Roller. Spiegelberg! He Spiegelberg! — Die
Bestie hört nicht.

Grimm.

Grimm. (schüttelt ihn) Kerl! träumst du, oder?

Spiegelberg. (der sich die ganze Zeit über mit den Pantomimen eines Projektmachers im Stubeneck gearbeitet hat, springt wild auf. la bourse, ou la vie! und packt Schweizern an der Gurgel, der ihn gelassen an die Wand wirft; alle lachen. Moor läßt den Brief fallen, und will hinaus rennen. Alle fahren auf.

Roller. (ihm nach) Moor! wohinaus, Moor? was beginnst du?

Grimm. Was hat er, was hat er? Er ist bleich wie die Leiche.

Moor Verlohren, verlohren! (rennt hinaus)

Grimm. Das müssen schöne Neuigkeiten seyn! Laß doch sehen!

Roller. (nimmt den Brief von der Erde, und liest) „Unglücklicher Bruder!" Der Anfang klingt lustig. „Nur kürzlich muß ich dir melden, daß deine Hoffnung vereitelt ist — du sollst hingehen, läßt dir der Vater sagen, wohin dich deine Schandthaten führen. Auch sagt er, werdest du dir keine Hoffnung machen, jemals Gnade zu seinen Füssen zu erwimmern, wenn du nicht gewärtig seyn wollest, im untersten Gewölb seiner Thürme mit Wasser und Brod so lang traktirt zu werden, bis deine Haare wachsen wie Adlersfedern, und deine Nägel wie Vogelsklauen werden. Das

sind

sind seine eigene Worte. Er befiehlt mir den
Brief zu schließen. Leb wohl auf ewig! Ich be=
daure dich —

Franz von Moor.

Schweizer. Ein zuckersüßes Brüdergen! In der
That! Franz heißt die Kanaille?

Spiegelberg. (sachte herbeischleichend) Von
Wasser und Brod ist die Rede? Ein schönes Le=
ben! Da hab ich anders für euch gesorgt! Sagt'
ichs nicht, ich müßt' am Ende für euch alle den=
ken?

Schweizer. Was sagt der Schafskopf? Der
Esel will für uns alle denken?

Spiegelberg. Hasen, Krüppel, lahme Hunde
seyd ihr alle, wenn ihr das Herz nicht habt, etwas
Großes zu wagen.

Roller. Nun, das wären wir freilich, du hast
Recht — aber wird es uns auch aus dieser ver=
maledeyten Lage reissen, was du wagen wirst?
Wird es? —

Spiegelberg. (mit einem stolzen Gelächter) Ar=
mer Tropf! aus dieser Lage reissen? Ha ha ha! —
Aus dieser Lage reissen? Und auf mehr raffinirt
dein Fingerhut voll Gehirn nicht? und damit trabt
deine Mähre zum Stalle? Spiegelberg müßte ein
Tropf seyn, wenn er mit dem nur anfangen wollte.
Zu Helden, sag ich dir, zu Freiherrn, zu Fürsten,
zu Göttern wirds euch machen!

Razmann.

Razmann. Das ist viel auf einen Hieb, wahrlich! Aber es wird wohl eine halsbrechende Arbeit
seyn, den Kopf wirds wenigstens kosten.

Spiegelberg. Dich nicht, Razmann! dafür steh
ich dir — es will nichts als Muth, denn was den
Witz betrift, den nehm ich ganz über mich. Muth,
sag ich, Schweizer! Muth, Roller, Grimm, Razmann, Schusterle! Muth! —

Schweizer. Muth? Wenns nur das ist —
Muth hab ich genug, um barfuß mitten durch die
Hölle zu gehen.

Roller. Muth genug, mich unterm lichten Galgen mit dem leibhaftigen Teufel um einen armen
Sünder zu balgen.

Spiegelberg. So gefällt mirs! wenn ihr Muth
habt, so tret' einer auf, und sag: er habe noch etwas
zu verlieren, und nicht alles zu gewinnen. (es erfolgt
eine große Pause) Keine Antwort?

Roller. Nun! was bedarfs des langen Geplau-
ders? Wenns ein Gescheider begreifen, und ein Mann
ausführen kann — heraus mit der Sprache.

Spiegelberg. Also denn! (er stellt sich mitten
unter sie mit beschwörendem Ton) Wenn noch ein
Tropfen deutschen Heldenbluts in euren Adern rinnt —
kommt! wir wollen uns in den böhmischen Wäldern
niederlassen, dort eine Räuberbande zusammen ziehen,
und — was gaft ihr mich an? — Ist euer Bißgen
Muth schon verdampft?

Roller.

Roller. Du bist wohl nicht der erste Gauner, der über den hohen Galgen weggesehen hat — und doch — was hätten wir sonst noch für eine Wahl übrig?

Spiegelberg. Wahl? Was? nichts habt ihr zu wählen! Wollt ihr in Schuldthurm stecken, und zusammen schnurren, bis man zum jüngsten Tag posaunt? Wollt ihr euch mit der Schaufel und Haue um einen Bissen Brod abquälen? Wollt ihr an der Leute Fenster mit einem Bänkelsängerlied ein mageres Allmosen erpressen? Oder wollt ihr zum Kalbfell schwören — und da ist erst noch die Frage, ob man euren Gesichtern traut — und dort unter der milzsüchtigen Laune eines gebieterischen Korporals das Fegfeuer zum voraus abverdienen? Oder bei klingendem Spiel nach dem Takt der Trommel spazieren gehen, oder im Galliotenparadies das ganze Eisenmagazin Vulkans hinterherschleifen? Seht, das habt ihr zu wählen, da ist es beisammen, was ihr wählen könnt!

Roller. Du bist ein Meisterredner, Spiegelberg, wenns darauf ankommt, aus einem ehrlichen Mann einen Hallunken zu machen — Aber sag doch einer, wo der Moor bleibt? —

Spiegelberg. Ehrlich, sagst du? Meynst du, du seyst nachher weniger ehrlich, als du jezt bist? Was heißt du ehrlich? Reichen Filzen ein Drittheil ihrer Sorgen vom Halse schaffen, die ihnen nur

C   den

den goldenen Schlaf verscheuchen; das stockende Geld
in Umlauf bringen, das Gleichgewicht der Güter
wieder herstellen, mit einem Wort, das goldene Alter
wieder zurückrufen, dem lieben Gott von manchem
lästigen Kostgänger helfen, ihm Krieg, Pestilenz,
theure Zeit und Doktors ersparen — und so bei jedem
Braten, den man ißt, den schmeichelhaften Gedanken
zu haben, den haben dir deine Finten, dein Löwen-
muth, deine Nachtwachen erworben — von Groß-
und Kleinen respektirt zu werden.

Roller. Und endlich gar bei lebendigem Leibe gen
Himmel fahren, und troz Sturm und Wind, troz
dem gefräßigen Magen der alten Urahne Zeit unter
Sonn und Mond und allen Firsternen schweben,
wo selbst die unvernünftigen Vögel des Himmels
herbei gelockt, ihr himmlisches Concert musiciren?
Nicht wahr? — Und wenn Monarchen und Poten-
taten von Motten und Würmern verzehrt werden,
die Ehre haben zu dörfen, von Jupiters königlichem
Vogel Visiten anzunehmen? — Moriz, Moriz, Moriz!
nimm dich in Acht! nimm dich in Acht, vor dem
dreibeinichten Thiere.

Spiegelberg. Und das schröckt dich, Hasen-
herz! Ist doch schon manches Universalgenie, das
die Welt hätte reformiren können, unter freiem
Himmel verfault; und spricht man nicht von so
einem Jahrhunderte, Jahrtausende lang, da man-
cher König und Kuhrfürst in der Geschichte über-
hüpft

hüpft würde, wenn sein Geschichtschreiber die Lücke
in der Succeßionsleiter nicht scheute, und sein Buch
dadurch nicht um ein Paar Oktavseiten größer würde,
die ihm der Verleger mit baarem Gilde bezahlt —
Und, wenn dich der Wanderer so hin und her fliegen
sieht im Winde — der muß auch kein Wasser im
Hirn gehabt haben, brummt er in den Bart, und
seufzt über die elenden Zeiten.

Razmann. Meisterlich, Spiegelberg, meisterlich! Du hast wie ein anderer Orpheus die heulende
Bestie mein Gewissen in den Schlaf gesungen. Nimm
mich ganz, wie ich da bin.

Grimm. Und laß es auch Prostitution heissen; —
was folgt? — Kann man nicht auf den Fall immer ein Pülverchen mit sich führen, das einen so
im Stillen über den Acheron fördert, wo kein Hahn
darnach kräht. — Frisch, Bruder Moriz! so lautet
auch Grimms Katechismus.

                    (er giebt ihm die Hand)

Schufterle. Blitz! es ist eine Auktion in meinem Kopf — Quacksalber — Lotterie, Goldmacher
durcheinander und Gauner. Wer am meisten bietet,
der hat mich. — Nimm diese Hand, Vetter!

Schweizer. (kommt langsam näher, und reicht ihm
die Hand) Moriz — du bist ein großer Mann!
oder besser: es hat ein blindes Schwein eine Eichel
gefunden.

Roller.

Roller. (nach einigem Nachdenken, wobei er einen langen Blick auf Schweizern heftet) Und auch du Freund! (streckt ihm die rechte Hand hin mit Wärme) Roller mit Schweizer — und giengs auch in die Hölle!

Spiegelberg. (froh aufspringend) Den Sternen zu, Kameraden — freie Passage zu Cäsar und Katilina! — Frisch! stürzt die Gläser! — Es lebe der Gott Merkur.

Alle. (stürzen die Gläser) Lebe.

Spiegelberg. Und nun brecht auf. Ans Werk! Heut übers Jahr muß jeder von uns eine Grafschaft überbieten können.

Schweizer. (in den Bart) Wenn er nicht auf dem Rad liegt. (sie wollen gehen)

Roller. Sachte, Kinder, sachte! Wohin? Das Thier muß auch seinen Kopf haben. Ohne Oberhaupt gieng Rom und Sparta zu Grunde.

Spiegelberg. (geschmeidig) Ja! haltet! Roller sagt recht — und das muß ein verschmizter, erleuchteter Kopf seyn — ein feiner politischer Kopf muß das seyn — Ha! (mit verschränkten Armen mitten unter sie hinstehend) Wenn ich euch darum betrachte, was ihr vor wenig Augenblicken waret, was ihr jezt seyd, durch einen glücklichen Gedanken seyd — Ja freilich, freilich müßt ihr einen Chef haben — Und ein solcher Gedanke, sprecht selber!

felber! konnte nur aus einem verſchmizten, politiſchen
Kopfe ſpringen.

Roller. Wenn ſichs hoffen ließe — träumen
ließe — aber ich zweifle an ſeiner Einwilligung.

Spiegelberg. (ſchmeichelhaft) Und warum ver⸗
zweifeln, Brüderchen? — So ſchwer es auch iſt,
das kämpfende Schif gegen Sturm und Wellen zu
lenken — ſo ſchwer ſie auch drückt die Laſt der Kro⸗
nen — ſags leck heraus, Kind. Vielleicht — viel⸗
leicht — läßt er ſich doch noch erweichen.

Roller. Und Büberei iſt das ganze, wenn er
nicht an der Spitze ſteht — ohne den Moor ſind
wir Leib ohne Seele.

Spiegelberg. (unwillig von ihm weg) Stock⸗
fiſch!

Siebenter Auftritt.

Moor. (tritt herein in wilder Bewegung, und läuft
heftig im Zimmer auf und nieder, mit ſich ſelber.)

Moor. Menſchen! — Menſchen! falſche, heuch⸗
leriſche Krokodilbrut! Ihre Augen ſind Waſſer! Ihre
Herzen ſind Erz! Küſſe auf den Lippen! Schwerdter
im Buſen! Löwen und Leoparde füttern ihre Jungen,
Raben tiſchen ihren Kleinen auf dem Aas, und Er,
Er — Bosheit hab ich dulden gelernt; kann dazu
lächeln, wenn mein erboßter Feind mir mein eigen
Herzblut zutrinkt — aber wenn Vaterliebe zur Megäre

C 3   wird;

wird: o so fange Feuer, männliche Gelassenheit, verwildere zum Tyger, sanftmüthiges Lamm, und jede Faser recke sich auf zu Grimm und Verderben.

Roller. Höre, Moor! was denkst du davon? Ein Räuberleben ist doch auch besser, als bei Wasser und Brod im untersten Gewölbe der Thürme?

Moor. Warum ist dieser Geist nicht in einen Tyger gefahren, der sein wüthendes Gebiß in Menschenfleisch haut? Ist das Vatertreue? Ist das Liebe für Liebe? Ich möchte ein Bär seyn, und die Bären des Nordlands wider dieß mörderische Geschlecht anhetzen — Reue, und keine Gnade! O ich möchte das Weltmeer vergiften, daß sie den Tod aus allen Quellen saufen! Vertrauen, unüberwindliche Zuversicht, und kein Erbarmen!

Roller. So höre doch, Moor, was ich dir sage!

Moor. Es ist unglaublich, es ist ein Traum — So eine rührende Bitte, so eine lebendige Schilderung des Elends und der zerfließenden Reue — die wilde Bestie wäre in Mitleid zerschmolzen! Steine hätten Thränen vergossen, und doch — man würde es für ein boshaftes Pasquill aufs Menschengeschlecht halten, wenn ichs aussagen wollte — und doch, doch — o! daß ich durch die ganze Natur das Horn des Aufruhrs blasen könnte, Luft, Erde und Meer wider das Hyänengezücht ins Treffen zu führen!

Grimm.

Grimm. Höre doch, höre! Vor Rasen hörst du ja nicht.

Moor. Weg! weg von mir! Ist dein Name nicht Mensch? Hat dich das Weib nicht gebohren? — Aus meinen Augen du mit dem Menschengesicht! — Ich hab ihn so unaussprechlich geliebt! So liebte kein Sohn; ich hätte tausend Leben für ihn — (schäumend auf die Erde stampfend) Ha! — wer mir jezt ein Schwerdt in die Hand gäbe, dieser Otterbrut eine brennende Wunde zu versetzen? Wer mir sagte, wo ich das Herz ihres Lebens erzielen, zermalmen, zernichten — Er sey mein Freund, mein Engel, mein Gott — ich will ihn anbeten!

Roller. Eben diese Freunde wollen wir ja seyn, laß dich doch weisen!

Grimm. Komm mit uns in die böhmischen Wälder; wir wollen eine Räuberbande sammeln, und du — (Moor stiert ihn an)

Schweizer. Du sollst unser Hauptmann seyn! Du mußt unser Hauptmann seyn!

Spiegelberg. (wirft sich wild in einen Sessel) Sklaven und Memmen!

Moor. Wer blies dir das Wort ein? Höre, Kerl! (indem er Rollern hart ergreift) Das hast du nicht aus deiner Menschenseele hervor geholt! Wer blies dir das Wort ein? Ja, bei dem tausendarmigen Tod! das wollen wir, das müssen wir! Der

C 4   Gedanke

Gedanke verdient Vergötterung! — Räuber und Mörder! — so wahr meine Seele lebt, ich bin euer Hauptmann!

Alle. (mit lärmendem Geschrei) Es lebe der Hauptmann!

Spiegelberg. (aufspringend vor sich) Bis ich ihm hinhelfe!

Moor. Siehe, da fällts wie der Staar von meinen Augen! Was für ein Thor ich war, daß ich ins Gesicht zurück wollte! — Mein Geist dürstet nach Thaten, mein Athem nach Freiheit, — Mörder und Räuber! — Mit diesem Wort war das Gesetz unter meine Füsse gerollt — Menschen haben Menschheit vor mir vorborgen, da ich an Menschheit appellirte; weg dann von mir Sympathie und menschliche Schonung! — ich habe keinen Vater mehr, ich habe keine Liebe mehr, und Blut und Tod soll mich vergessen lehren, das mir jemals etwas theuer war! Kommt! kommt! — O! ich will mir eine fürchterliche Zerstreung machen! — Es bleibt dabei, ich bin euer Hauptmann! und Glück zu dem Meister unter euch, der am wildesten sengt, am gräßlichsten mordet, denn ich sage euch, er soll königlich belohnet werden. — Tretet her um mich ein jeder, und schwöret mir Treu und Gehorsam zu, bis in den Tod.

Alle. (Geben ihm die Hand) Bis in den Tod!

(Spiegelberg wütend auf und nieder)

Moor.

Moor. Und nun bei dieser männlichen Rechte, schwör ich euch hier, treu und standhaft euer Hauptmann zu bleiben bis in den Tod! Den soll dieser Arm gleich zur Leiche machen! der jemals zagt oder zweifelt, oder zurücktritt! Ein gleiches widerfahre mir von jedem unter euch, wenn ich meinen Schwur verletze! Seyd ihrs zufrieden?

Alle. (mit aufgeworfenen Hüten) Wir sinds zufrieden.

Spiegelberg. (lacht ergrimmt in die Faust)

Moor. Nun dann, so laßt uns gehen! Fürchtet euch nicht vor Tod und Gefahr, denn über uns waltet ein unbeugsames Fatum! Jeden ereilet endlich sein Tag, es sey auf dem weichen Kissen von Pflaum, oder im rauhen Gewühl des Gefechts, oder auf offnem Galgen und Rad. Eins davon ist unser Schicksal. (sie gehen ab)

Spiegelberg. (der zurückblieb) Dein Register hat ein Loch! Du hast Verrätherei weggelassen.

(geht ab. Der Vorhang fällt)

———

Zwei=

Zweiter Aufzug.

Erster Auftritt.

Franz von Moor.

(nachdenkend in seinem Zimmer)

Der Arzt macht mir so lange. — Das Leben eines Alten ist doch eine Ewigkeit. — Müssen denn aber meine hochfliegende Plane den Schneckengang der Lebenskraft halten? Wer es verstünde, dem Tod einen neuen Weg in das Schloß des Lebens zu bahnen? — Den Körper vom Geist aus zu verderben — Ha! ein Originalwerk! Wer das zu Stand brächte. — Ein zweiter Kolumbus in das Reich des Todes! — Sinne nach Moor — das wäre eine Kunst, würdig dich zum Erfinder zu haben. . . . Und wie ich nun werde zu Werk gehen müssen? . . . Welche Gattung von Empfindungen wohl die Lebenskraft am grimmigsten anfeinden? — Zorn? — Dieser heißhungrige Wolf überfrißt sich so gern . . . Gram? — Dieser Wurm schleicht mir zu langsam . . . Furcht? — Die Hofnung läßt sich nicht umgreifen . . . (boshaft fragend) Sind das all die Henker des Menschen? — Ist das Arsenal des Todes so bald erschöpft? — Hum! hum? (tiefsinnig) Wie? . . Nun? . . Was? — Ha! (auffahrend) Schreck! was kann der Schreck nicht?

nicht? Was kann Vernunft, Hoffnung, Religion
wider dieses Giganten eiskalte Umarmung? —
Und doch? doch? wenn er auch diesem Sturme
stünde? — O! so komm du mir zu Hülfe, Jammer,
und du Reue,, höllische Furie, grabende Schlange,
die ihren Fraß wiederkäut, und du heulende Selbst-
verklagung, die du dein eigen Haus verwüstest,
und deine eigene Mutter verwundest! — Und kommt
auch ihr mir zu Hülfe, wohlthätige Grazien selbst,
sanftlächelnde Vergangenheit, und du mit dem
überquellenden Füllhorn blühende Zukunft, haltet
ihm in euren Spiegeln die Freuden des Himmels vor,
wenn euer fliehender Fuß seinen geizigen Armen ent-
gleitet — So fall ich Streich auf Streich, Sturm
auf Sturm dieses zerbrechliche Leben an, bis den Furien-
trupp zulezt schließt — die Verzweiflung! Triumph!
Triumph! Der Plan ist fertig. —

Zweiter Auftritt.

Franz. Herrmann.

Franz. (entschlossen) Wohlan denn! (Herrmann
tritt auf) Ha! Deus ex machina! Herrmann!

Herrmann. Zu euren Diensten, gnädiger Junker!

Franz. (giebt ihm die Hand) Die du keinem Un-
dankbaren erweisest.

Herrmann. Ich habe Proben davon.

Franz. Du sollst mehr haben mit nächstem — mit nächstem, Herrmann! — Ich habe dir etwas zu sagen, Herrmann.

Herrmann. Ich höre mit tausend Ohren.

Franz. Ich kenne dich; du bist ein entschlossener Kerl — Soldatenherz — Haar auf der Zunge! — Mein Vater hat dich sehr beleidigt, Herrmann!

Hermann. Der Teufel hole mich, wenn ichs vergesse!

Franz. Das ist der Ton eines Mannes! Rache geziemt einer männlichen Brust. Du gefällst mir, Herrmann. Nimm diesen Beutel, Herrmann. Er sollte schwerer seyn, wenn ich erst Herr wäre.

Herrmann. Das ist ja mein ewiger Wunsch, gnädiger Junker! ich dank euch.

Franz. Wirklich, Herrmann? Wünschest du wirklich, ich wäre Herr? — Aber mein Vater hat das Mark eines Löwen, und ich bin der jüngere Sohn.

Herrmann. Ich wollt', ihr wäret der ältere Sohn, und euer Vater hätte das Mark eines schwindsüchtigen Mädchens.

Franz. Ha! wie dich der ältere Sohn dann belohnen wollte! Wie er dich aus diesem unedlen Staub, der sich so wenig mit deinem Geist und Adel verträgt, ans Licht empor heben wollte! — Dann solltest du, ganz wie du da bist, mit Gold überzogen werden, und mit vier Pferden durch die Gassen dahin

dahin rasseln; wahrhaftig, das solltest du! —
Aber ich vergesse, wovon ich dir sagen wollte —
Hast du das Fräulein von Edelreich schon vergessen,
Herrmann?

Herrmann. Wetter Element! was erinnert ihr
mich an das?

Franz. Mein Bruder hat sie dir weggefischt.

Herrmann. Er soll dafür büssen!

Franz. Sie gab dir einen Korb. Ich glaube
gar, er warf dich die Treppen hinunter.

Herrmann. Ich will ihn dafür in die Hölle
stossen.

Franz. Er sagte: man raune sich einander ins
Ohr, dein Vater habe dich nie ansehen können, ohne
an die Brust zu schlagen und zu seufzen: Gott sey
mir Sünder gnädig!

Herrmann. (wild) Bliz, Donner und Hagel,
seyd still.

Franz. Er rieth dir, deinen Adelbrief im Auf-
strich zu verkaufen, und deine Strümpfe damit fli-
cken zu lassen.

Herrmann. Alle Teufel! ich will ihm die Augen
mit den Nägeln auskratzen.

Franz. Was? du wirst böse? Was kannst du
böse auf ihn seyn? Was kannst du ihm Böses
thun? Was kann so eine Raze gegen einen Löwen? Dein Zorn versüßt ihm seinen Triumph nur.
Du kannst nichts thun, als deine Zähne zusammen

men schlagen, und deine Wuth an trocknem Brode auslassen.

Herrmann. (stampft auf den Boden) Ich will ihn zu Staub zerreiben.

Franz. (klopft ihm auf die Achsel) Pfui! Herrmann, du bist ein Kavalier. Du mußt den Schimpf nicht auf dir sitzen lassen. Du mußt das Fräulein nicht fahren lassen; nein, das mußt du um alle Welt nicht thun, Herrmann! Hagel und Wetter! Ich würde das Aeusserste versuchen, wenn ich an deiner Stelle wäre.

Herrmann. Ich ruhe nicht, bis ich ihn und ihn unterm Boden habe.

Franz. Nicht so stürmisch, Herrmann! komm näher — du sollst Amalia haben!

Herrmann. Das muß ich, troz dem Teufel! das muß ich!

Franz. Du sollst sie haben, sag ich dir, und das von meiner Hand. Komm näher, sag ich — du weißt vielleicht nicht, daß Karl so gut als enterbt ist?

Herrmann. (näher kommend) Unbegreiflich, das erste Wort, das ich höre.

Franz. Sey ruhig, und höre weiter! du sollst ein andermal mehr davon hören — ja, ich sage dir, seit eilf Monaten so gut als verbannt. Aber schon bereut der Alte den voreiligen Schritt, den er doch, (lachend) will ich hoffen, nicht selbst ge=
than

than hat. Auch liegt ihm die Edelreich täglich hart
an mit ihren Vorwürfen und Klagen. Ueber kurz
oder lang wird er ihn in allen vier Enden der Welt
aufsuchen lassen, und gute Nacht, Herrmann! wenn
er ihn findet. Du kannst ihm ganz demüthig die
Kutsche halten, wenn er mit ihr in die Kirche zur
Trauung fährt.

Herrmann. Ich will ihn am Altar erwürgen!

Franz. Der Vater wird ihm bald die Herrschaft
abtreten, und in Ruhe auf seinen Schlössern leben.
Jezt hat der stolze Strudelkopf den Zügel in Händen,
jezt lacht er seiner Hasser und Neider — und ich,
der ich dich zu einem wichtigen großen Mann machen
wollte, ich selbst, Herrmann! werde tief gebückt
vor seiner Thürschwelle —

Herrmann. (in Hize) Nein! so wahr ich Herrmann heisse, das sollt ihr nicht! Wenn noch ein
Fünkchen Verstand in diesem Gehirne glimmt! das
sollt ihr nicht.

Franz. Wirst du es hindern? Auch dich, mein
lieber Herrmann, wird er seine Geissel fühlen lassen,
wird dir ins Angesicht speyen, wenn du ihm auf der
Strasse begegnest, und wehe dir dann, wenn du die
Achsel zuckst, oder das Maul krümmst. — siehe, so
stehts mit deiner Anwerbung ums Fräulein, mit deinen
Aussichten, mit deinen Entwürfen.

Herrmann. (entschlossen) Sagt mir, was soll
ich thun?

                                        Franz.

Franz. Höre dann, Herrmann! daß du siehst, wie ich mir dein Schicksal zu Herzen nehme, als ein redlicher Freund — geh — kleide dich um — mach dich ganz unkenntlich, laß dich beim Alten melden, gieb vor', du kämest geraden Wegs aus Ungarn, hättest mit meinem Bruder dem letzten Treffen beigewohnt — hättest ihn auf der Wahlstatt den Geist aufgeben sehen —

Herrmann. Wird man mir glauben?

Franz. Hoho! dafür laß mich sorgen! Nimm dieses Paket. Hier findest du deine Kommißion ausführlich, und Dokumente darzu, die den Zweifel selbst glaubig machen sollen. — Mach jezt nur, daß du fortkommst, und ungesehen! Spring durch die Hinterthüre in den Hof, von da über die Gartenmauer — Die Katastrophe dieser Tragi=Komödie überlaß mir!

Herrmann. Und die wird seyn: Vivat der neue Herr, Franciskus von Moor!

Franz. (streichelt ihm die Backen) Wie schlau du bist? -- Denn siehst du, auf diese Art erreichen wir alle Zwecke zumal und bald. Amalia giebt ihre Hoffnung auf ihn auf. Der Alte mißt sich den Tod seines Sohnes bei, und — er kränkelt — ein schwankendes Gebäude braucht des Erdbebens nicht, um über'n Haufen zu fallen — er wird die Nachricht nicht überleben — dann ich bin sein einiger Sohn — Amalia hat ihre Stützen verlohren, und ist ein

Spiel

Spiel meines Willens, da kannst du leicht denken — kurz: alles geht nach Wunsch — aber du mußt dein Wort nicht zurück nehmen.

Herrmann. Was sagt ihr? (frohlockend) Es soll die Kugel in ihren Lauf zurück kehren, und in dem Eingeweid ihres Schützen wüten — Rechnet auf mich! laßt nur mich machen — Adieu!

Franz. (der ihm noch nachruft) Was du thust, das thust du dir. — (folgt ihm mit den Augen bis ans Ende der Bühne, und bricht dann in ein weinerlich Lachen aus) Ganz Eifer! Ganz Wille! Wie bereitwillig der übertölpelte Thor jetzt über die Linien des braven Mannes hinweg voltigirt, ein Gut zu erhaschen, dessen Unmöglichkeit ausfindig zu machen, nichts weiter braucht, als nur nicht wahnwitzig zu seyn. — — (ärgerlich) Nein, es ist unverzeihlich! dieser hier ist selbst ein Schurke, und doch traut er dem ehrlichen Gesicht eines andern. — Sorglos geht er hin, einen redlichen Mann zu betrügen, und wird es in Ewigkeit nicht vergeben, daß man ihn hat betrügen können. — Ist das der gepriesene Unterkönig der Schöpfung? So vergieb mir mütterliche Natur, daß ich mit dir um sein Ebenbild zankte, und hilf mir auch gütigst noch von dem wenigen Ueberrest. — Meine Achtung hast du verlohren, Mensch, und mit dieser auch das einzige erhebende Bewußtseyn, daß sich Jemandes Bosheit an dir versündigen könne. (geht ab)

D   Dritter

Dritter Auftritt.

Des alten Moors Schlafzimmer.

Der alte Moor. Amalia.

Amalia. Leife — leife — er schlummert! (sie stellt sich vor den Schlafenden) Wie lieb! wie ehrwürdig! — Ehrwürdig, wie man die Heiligen malt — Nein! ich kann dir nicht zürnen! weißlockigtes Haupt! dir kann ich nicht zürnen! — Schlummre im Rosenduft — (indem sie Rosen um ihn streut) Im Rosenduft erscheine Karl deinen Träumen — erwache im Rosenduft, ich will hingehen, und unter Rosmarin entschlummern.

(sie will sich entfernen)

D. a. Moor. (träumend) Mein Karl! mein Karl! mein Karl!

Amalia. (steht still, und kommt langsam zurück) Horch! erhört hat die Bitte sein Engel — (sehr nah zu ihm tretend) Süße zu athmen ist die Luft, mit der sein Name sich mischet — Ich will hier bleiben.

D. a. Moor. (immer im Traum) Bist du da? Bist du's wirklich? — Ach! — Sieh mich nicht an mit dem Jammerblick! — Ich bin elend genug.

(bewegt sich unruhig)

Amalia. (weckt ihn schnell) Steht auf, Oheim. Es war ein Traum.

D.

D. a. Moor. (halb wach) Er war nicht da? Drückt ich nicht seine Hände? Zieh ich nicht den Duft seiner Rosen? Garstiger Franz, willst du ihn auch meinen Träumen entreißen?

Amalia. (zurückfahrend) Merkst du's Amalia?

D. a. Moor. (ermuntert sich) Wo bin ich? Du hier, meine Nichte?

Amalia. Ihr schließt einen beneidenswürdigen Schlummer.

D. a. Moor. Mir träumte von meinem Karl. Warum hab ich nicht fortgeträumt? Vielleicht hätt' ich Verzeihung erhalten aus seinem Munde.

Amalia. (mit verschönertem Gesicht) Engel grollen nicht — Er verzeiht euch. (sanft seine Hand drückend) Vater Karls! ich verzeih euch.

D. a. Moor. Nein, meine Tochter! Die Todtenfarbe deiner Wangen zeugt wider dein Herz. Armes Mädchen! ich zerstörte die Freuden deiner Jugend. Vergieb nicht — nur verfluche mich nicht.

Amalia. Die Liebe hat nur einen Fluch gelernt. Diesen, mein Vater, (sie küßt seine Hand mit Zärtlichkeit)

D. a. Moor. (der aufgestanden ist) Was sind ich da? Rosen, Mädchen? Rosen streust du dem Mörder deiner Liebe?

Amalia. Rosen dem Vater meines Geliebten, (ihm um den Hals fallend) dem ich sie jezt nicht streuen kann.

D.

D. a. Moor. Und gerne geſtreuet hätteſt — Doch meine Liebe haſt du's unwiſſend gethan — Kennſt du dieſes Gemälde?

(indem er den Vorhang von einer Malerei hinwegnimmt)

Amalia. (die darauf zuſtürzt) Karls!

D. a. Moor. So ſah er, als er ins ſechszehnte Jahr gieng. Jezt iſt er anders. O es wüthet in meinem Innern. Dieſe Milde iſt Menſchenhaß, dieſes Lächeln Verzweiflung. Nicht wahr, Amalia? Es war an ſeinem Geburtstage — in der Jasminlaube, als du ihn malteſt?

Amalia. O nie vergeſſen werd ich dieſen Tag! Nie erleben werd ich ihn wieder! wie er mir gegen über ſaß; der rothe Wiederſtrahl der Abendſonne brannte in ſeinem Geſicht, ſeine braunen Locken flogen muthwillig im Winde. Bei jedem Pinſelſtrich überſtürzte das Mädchen die Malerin; der Pinſel fiel, meine zitternden Lippen tranken die Züge durſtig hinweg. Die ganze Fülle des Originals wuchs in mein Herz ein — auf dem Tuch lagen die Splitter dieſes Bildes, matt und ſterbend, wie die Erinnerung an das geſtrige Adagio.

D. a. Moor. Fahre fort, fahre fort. Deine Phantaſien verjüngen mich wieder. O meine Tochter! eure Liebe machte mich ſo glücklich.

Amalia. (verweilt mit dem Aug auf dem Gemälde) Nein! nein! Er iſts nicht! Bei Gott! das iſt Karl

nicht

nicht — Hier, hier (auf Herz und Stirne zeigend)
So ganz, so anders. Die träge Farbe reicht nicht
dem himmlischen Geist nachzuspiegeln, der in seinen
feurigen Augen herrschte. Weg damit, dieß ist so
menschlich! ich war eine Stümperin.

Vierter Auftritt.
Daniel.

Daniel. Es wartet draussen ein Mann auf euch.
Er bittet vorgelassen zu werden; er hab an euch eine
wichtige Zeitung.

D. a. M. Mir ist auf der Welt nur etwas
wichtig, du weißts Amalia — Ists ein Unglücklicher,
der meiner Hülfe bedarf? Er soll nicht mit Seufzen
von hinnen gehen. *(Daniel ab)*

Amalia. Ists ein Bettler, er soll eilig herauf
kommen.

D. a. Moor. Amalia, Amalia, schone meiner!

Fünfter Auftritt.
Franz. Herrmann (verkappt) **Daniel. Vorige.**

Franz. Hier ist der Mann. Schröckliche Both-
schaften, sagt er, warten auf euch. Könnt ihr sie
hören?

D. a. Moor. Ich kenne nur seine. Tritt her,
mein Freund, und schone mein nicht! Reicht ihm einen Becher Wein.

Herr-

Herrmann. (mit veränderter Stimme) Gnädiger Herr! laßt es einen armen Mann nicht entgelten, wenn er wider Willen euer Herz durchbohrt. Ich bin ein Fremdling in diesem Lande, aber euch kenn ich sehr gut, ihr seyd der Vater Karls von Moor.

D. a. Moor. Woher weißt du das?

Herrmann. Ich kannte euren Sohn —

Amalia. (auffahrend) Er lebt? Lebt? Du kennst ihn? Wo ist er, wo, wo? (will hinweg rennen)

D. a. Moor. Du weißt von meinem Sohn?

Herrmann. Er studierte auf der hohen Schule zu Leipzig. Von da zog er, ich weiß nicht wie weit, herum. Er durchschwärmte Deutschland in die Runde und, wie er mir sagte, mit unbedecktem Haupte, barfuß, und erbettelte sein Brod vor den Thüren. Fünf Monate darauf brach der leidige Krieg zwischen Pohlen und den Türken wieder aus, und da er auf der Welt nichts mehr zu hoffen hatte, zog ihn der Hall von König Mathias von Ungern siegreicher Trommel nach Pest. Erlaubt mir, sagte er zum König, daß ich den Tod sterbe auf dem Bette der Helden, ich hab keinen Vater mehr! —

D. a. Moor. Sieh mich nicht an, Amalia!

Hermann. Man gab ihm eine Fahne. Er flog Mathias Siegesflug mit. Wir kamen zusammen unter ein Zelt zu liegen. Er sprach viel von seinem alten Vater und von bessern vergangenen Tagen —

und

und von vereitelten Hoffnungen — uns standen die Thränen in den Augen.

D. a. Moor. (verhüllt sein Haupt in das Kissen) Stille, o stille!

Herrmann. Acht Tage darauf war ein heisses Treffen — ich darf euch sagen, euer Sohn hat sich gehalten wie ein wackerer Kriegsmann. Er that Wunder vor den Augen der Armee. Fünf Regimenter mußten neben ihm wechseln, er stand. Feuerkugeln fielen rechts und links, euer Sohn stand. Eine Kugel zerschmetterte ihm die rechte Hand, euer Sohn nahm die Fahne in die Linke, und stand —

Amalia. (in Entzückung) Und stand, Vater! und stand —

Herrmann. Ich traf ihn am Abend der Schlacht, niedergesunken unter Kugelgepfeife; mit der Linken hielt er das stürzende Blut, die Rechte hatte er in die Erde gegraben. Bruder! rief er mir entgegen, es lief ein Gemurmel durch die Glieder, der General sey vor einer Stunde gefallen — Er ist gefallen, sagt ich, und du? — Nun, wer ein braver Soldat ist, rief er, und ließ die linke Hand los, der folge seinem General wie ich! bald darauf hauchte er seine große Seele dem Helden zu.

Franz. (wild auf Herrmann losgehend) Daß der Tod deine verfluchte Zunge versiegle! Bist du hieher kommen, unserm Vater den Todesstoß zu geben? — Vater! Amalia! Vater!

Herr-

Herrmann. Es war der lezte Wille meines ster,
benden Kameraden. Nimm dieß Schwerdt, röchelte
er, du wirsts meinem alten Vater überliefern, das
Blut seines Sohnes klebt daran, er ist gerochen, er
mag sich weiden. Sag ihm, sein Fluch hätte mich
gejagt in Kampf und Tod, ich sey gefallen in Ver=
zweiflung! Sein lezter Seufzer war Amalia.

Amalia. (wie aus einem Todenschlummer aufgejagt)
Sein lezter Seufzer, Amalia!

D. a. Moor. (gräßlich schreyend, sich die Haare
ausraufend) Mein Fluch ihn gejagt in den Tod!
Gefallen in Verzweiflung!

Herrmann. Hier ist das Schwerdt, und hier ist
auch ein Portrait, das er zu gleicher Zeit aus dem
Busen zog! Es gleicht diesem Fräulein auf ein
Haar. Dies soll meinem Bruder Franz, sagte er, —
ich weiß nicht, was er damit sagen wollte.

Franz. (wie erstaunt) Mir Amalia's Portrait?
Mir, Karl, Amalia? Mir?

Amalia. (heftig auf Hermann losgehend) Feis=
ler, bestochener Betrüger! (faßt ihn hart an)

Herrmann. Das bin ich nicht, gnädiges Fräu=
lein. Sehet selbst, obs nicht euer Bild ist — ihr
mögts ihm wohl selbst gegeben haben.

Franz. Bei Gott! Amalia, das deine! Es ist
wahrlich das deine!

Amalia. (giebt ihm das Bild zurück) Mein,
mein! O Himmel und Erde!

D.

D. a. Moor. (ſchreiend, ſein Geſicht zerfleiſchend) Wehe, Wehe! mein Fluch ihn gejagt in den Todt! Gefallen in Verzweiflung!

Franz. Und er gedachte meiner in der lezten ſchweren Stunde des Scheidens — meiner! Engliſche Seele — da ſchon das ſchwarze Panier des Todes über ihm rauſchte — meiner! —

D. a. Moor. (lallend) Mein Fluch ihn ge= jagt in den Tod, gefallen mein Sohn in Verzweif= lung! —

Herrmann. (unruhig und bewegt) Den Jam= mer ſeh ich nicht aus. Lebt wohl, alter Herr! (leiſe zu Franz) Warum habt ihr auch das gemacht, Junker? (geht ſchnell ab)

Amalia. (aufſpringend ihm nach) Bleib, bleib! Was waren ſeine lezte Worte?

Herrmann. (zurückrufend) Sein lezter Seufzer war Amalia. (ab)

Amalia. Sein lezter Seufzer war Amalia! — Nein, du biſt kein Betrüger! So iſt es wahr — wahr — er iſt todt! — Todt! — (hin und her tau= melnd, bis ſie umſinkt) Todt — Karl iſt todt —

Franz. Was ſeh ich? Was ſteht da auf dem Schwerdt? Geſchrieben mit Blut — Amalia!

Amalia. Von ihm?

Franz. Seh ich recht, oder träum ich? Sieh da mit blutiger Schrift: Franz, verlaß meine Amalia nicht! Sieh doch, ſieh doch! und auf der andern

Seite: Amalia! deinen Eid zerbrach der allgewal-
tige Tod. — Siehst du nun, siehst du nun! Er
schriebs mit erstarrender Hand, schriebs mit dem
warmen Blut seines Herzens, schriebs an der Ewigkeit
feierlichem Rande!

Amalia. Heiliger Gott! es ist seine Hand. —
Er hat mich nie geliebt! (schnell ab)

Franz. (auf den Boden stampfend) Verzweifelt!
meine ganze Kunst erliegt an dem Starrkopf.

D. a. Moor. Wehe, Wehe! verlaß mich nicht,
meine Tochter! — Franz, Franz! gieb mir meinen
Sohn wieder!

Franz. Wer wars, der ihm den Fluch gab?
Wer wars, der seinen Sohn jagte in Kampf und Tod
und Verzweiflung? — O! er war ein treflicher
Jüngling — Fluch über seine Henker!

D. a. Moor. (schlägt mit geballter Faust wider
Brust und Stirn) Fluch! Fluch! Verderben! Fluch
über mich selber! Ich bin der Vater, der seinen
großen Sohn erschlug. Mich liebte er bis in den Tod!
Mich zu rächen rannte er in Kampf und Tod! Ungeheuer! Ungeheuer! (wütet wider sich selber)

Franz. Er ist dahin, was helfen späte Klagen!
(höhnisch lachend) Es ist leichter morden, als lebendig machen.

D. a. Moor. Und du hast mir den Fluch aus
dem Herzen geschwäzt, du — du — Meinen Sohn
mir wieder!

Franz.

Franz. Reizt meinen Grimm nicht. Ich verlaß euch im Tode!

D. a Moor. Scheusal! Scheusal! schaff mir meinen Sohn wieder!

(fährt aus dem Sessel, will Franzen an der Gurgel fassen, der ihm entspringt. Ab)

Sechster Auftritt.

Der alte Moor.

Tausend Flüche donnern dir nach! du hast mir meinen Sohn aus den Armen gestohlen. (voll Verzweiflung hin und her geworfen im Sessel) Wehe, Wehe! verzweifeln, aber nicht sterben! — Sie fliehen, verlassen mich im Tode — meine gute Engel fliehen von mir, weichen alle die Heilige vom eisgrauen Mörder. — Wehe! Wehe! will mir keiner das Haupt halten, will keiner die ringende Seele entbinden? Keine Söhne! keine Töchter! keine Freunde! — Menschen nur — will keiner — allein — verlassen — Wehe! Wehe! — Verzweifeln, aber nicht sterben!

(er sinkt entkräftet auf den Sessel zurück)

Amalia. (tritt langsam näher, erblickt ihn, mit einem plözlichen Schrey) Tod! Alles todt!

(ab in Verzweiflung)

Sieben=

Siebenter Auftritt.

Die böhmischen Wälder.

Razmann (von der einen Seite) **Spiegelberg**
(mit einem Räubertrupp von der andern)

Razmann. Willkommen Kriegskamerad! Will=
kommen in den böhmischen Wäldern! (sie fallen sich
um den Hals) Wo schlug dich der Blitz in der Welt
herum? Wo führt dich das Wetter her, mein theurer
Kollega?

Spiegelberg. Siedendwarm von der Messe zu
Leipzig. Das war ein Jur. Frag nur den Schuf=
terle. Er läßt dich herzlich grüßen zur glücklichen
Retour — hat sich unterwegs zur großen Bande
eures Hauptmanns geschlagen. (indem er sich auf die
Erde wirft) Und wie habt ihr gelebt die Zeit über?
Wie geht die Handthierung? — O ich könnte dir
Streiche auftischen den langen Tag, daß du's Fres=
sen drüber vergäßest.

Razmann. Das glaub ich — das glaub ich.
Du hast von dir hören lassen in den Blättern. Aber
zum Henker! wo treibst du all das Geschmeiß zu=
sammen? Hagel und Wetter! Bringst ja Rekruten
mit eine ganze Herde; du treflicher Werber.

Spiegelberg. Gelt! Und das ist dir eine Pa=
stete zusammen — Du kannst deinen Hut an die
Sonne hängen, Bruder, und ich wette, sie stehlen ihn

dir

dir herunter, als ob das Auge der Welt den schwarzen Staar gehabt hätte?

Razmann. (lacht) Du wirst dem Hauptmann mit den Herren willkommen seyn — Er hat auch schon brave Kerl angelockt.

Spiegelberg. (giftig) Geh mir mit deinem Hauptmann — und die meinen dagegen — Pah —

Razmann. Nun ja! Sie mögen hübsche Fingerchen haben — aber ich sage dir, der Ruf unsers Hauptmanns hat auch schon ehrliche Kerls in Versuchung geführt.

Spiegelberg. Desto schlimmer.

Achter Auftritt.

Grimm. (in vollem Lauf) Vorige.

Razmann. Wer da? Was giebts da? Passagiers im Wald?

Grimm. Hurtig, hurtig! wo sind die andern? Tausendsaperment! ihr steht da, und plaudert! Wißt ihr denn nicht — wißt ihr denn gar nicht? — Und Roller —

Razmann. Was denn, was denn?

Grimm. Roller ist gehangen, noch vier andere mit. —

Razmann. Roller? Was? Seit wann? — Woher weißt du's?

Grimm.

Grimm. Schon über drei Wochen sizt er, und wir erfahren nichts; schon drey Rechtstäge sind über ihn gehalten worden, und wir hören nichts; man hat ihn auf der Tortur examinirt, wo der Hauptmann sey? — der wackere Pursche hat nichts bekannt; gestern ist ihm der Proceß gemacht worden, diesen Morgen ist er dem Teufel mit Extra-Post zugefahren.

Razmann. Vermaledeyt! weiß es der Hauptmann?

Grimm. Erst gestern erfährt ers. Er schäumt wie ein Eber. Du weißt, er hat immer am meisten gehalten auf Roller, und nun die Tortur erst — Strick und Leiter sind schon an den Thurn gebracht worden, es half nichts; er selbst hat sich schon in Kapuzinerskutte zu ihm geschlichen, und die Person mit ihm wechseln wollen; Roller schlugs hartnäckig ab; jezt hat er einen Eid geschworen, daß es uns eiskalt über die Leber lief, er wolle ihm eine Todesfackel anzünden, wie sie noch keinem König geleuchtet hat, die ihnen den Buckel braun und blau brennen soll. Mir ist bang für die Stadt. Er hat schon lang eine Pique auf sie, weil sie so schändlich bigott ist, und du weißt, wenn er sagt: ich wills thun! so ist es so viel, als wenns unser einer gethan hat.

Razmann. Aber ach! Der arme Roller! der arme Roller! —

Spiegel=

Spiegelberg. Memento mori! Aber das regt mich nicht an. (trillert ein Liedgen)

Geh ich vorbei am Rabensteine,
So blinz ich nur das rechte Auge zu,
Und denk, du hängst mir wohl alleine;
Wer ist ein Narr, ich oder du?

Razmann. (auffspringend) Horch ein Schuß.
(Schießen und Lärmen)

Spiegelberg. Noch einer!

Razmann. Wieder einer! Der Hauptmann!
(hinter der Scene gesungen)

Die Nürnberger henken keinen,
Sie hätten ihn dann vor.

· Da Capo.

Schweizer. Roller. (hinter der Scene) Holla
ho! Holla ho!

Razmann. Roller! Roller! Holen mich zehen
Teufel!

Schweizer. Roller. (hinter der Scene) Razmann! Grimm! Spiegelberg! Razmann!

Razmann. Roller! Schweizer! Blitz, Donner,
Hagel und Wetter! (fliegen ihm entgegen)

Neunter

Neunter Auftritt.

Räuber Moor zu Pferd. Schweizer, Roller, Schufterle, Räubertrupp mit Roth und Staub bedeckt, treten auf.

Räuber Moor. (vom Pferd springend) Frei=
heit! Freiheit! — — Du bist im Trocknen, Rol=
ler! — Führt meinen Rappen ab, und wascht ihn
mit Wein. (wirft sich auf die Erde) Das hat ge=
golten!

Razmann. (zu Roller) Nun bei der Feueresse
des Pluto's! Bist du vom Rad auferstanden?

Spiegelberg. Bist du sein Geist? Oder bin ich
ein Narr? Oder bist du's wirklich?

Roller. (in Athem) Ich bins, leibhaftig. Ganz.
Wo glaubst du, daß ich herkomme?

Grimm. Da frag die Hexe! Der Stab war
schon über dich gebrochen?

Roller. Das war er freilich, und noch mehr.
Ich komme recta vom Galgen her, laß mich nur
erst zu Athem kommen. Der Schweizer wird dir
erzählen. Gebt mir ein Glas Brandenwein! —
Du auch wieder da, Moriz! Ich dachte dich an=
derswo wieder zu sehen — Gebt mir doch ein Glas
Brandenwein! Meine Knochen fallen auseinan=
der — O mein Hauptmann! Wo ist mein Haupt=
mann?

Razmann.

Razmann. Gleich, gleich! — So sag doch, so schwätz doch! Wie bist du davon kommen? Wie haben wir dich wieder? Der Kopf geht mir um. Vom Galgen her, sagst du?

Roller (stürzt ein Glas Brandewein hinunter) Ah! das schmeckt, das brennt ein! Geradesweges vom Galgen her! sag ich. Ihr steht da, und gaft, und könnt's nicht träumen. — Ich war auch nur drei Schritte von der Sakermentsleiter, auf der ich in den Schoos Abrahams steigen sollte — so nah, so nah — hättest du mein Leben um eine Prise Schnupftoback haben können. Dem Hauptmann dank ich Luft, Freiheit und Leben.

Schweizer. Es war ein Spaß, der sich hören läßt. Wir hatten den Tag vorher durch unsere Spionen Wind bekommen, der Roller liege tüchtig im Salz, und wenn der Himmel nicht bei Zeit noch einfallen wollte, so werde er morgen am Tag — das war als heut — den Weg alles Fleisches gehen müssen. — Auf! sagt der Hauptmann; was wagt ein Freund nicht. — Wir retten ihn, oder retten ihn nicht, so wollen wir ihm wenigstens doch eine Todesfackel anzünden, wie sie noch keinem König geleuchtet hat, die ihnen den Buckel braun und blau brennen soll. Die ganze Bande wird aufgeboten. Wir schicken einen Expressen an ihn, der's ihm in einem Zettelgen beibrachte, das er ihm in die Suppe warf.

E

Roller.

Roller. Ich verzweifelte an dem Erfolg.

Schweizer. Wir paßten die Zeit ab, bis die Paſſagen leer waren. Die ganze Stadt zog dem Spektakel nach; Reuter und Fußgänger durcheinander und Wagen; der Lerm und der Galgenpſalm jolten weit. Jezt, ſagt der Hauptmann, brennt an! Die Kerl flogen wie Pfeile, ſteckten die Stadt an drei und dreißig Ecken zumal in Brand, warfen feurige Lunden in die Nähe des Pulverthurms, in Kirchen und Scheunen — Mordblei! es war keine Viertelſtunde vergangen, der Nord=Oſtwind, der auch ſeinen Zahn auf die Stadt haben muß, kam uns treflich zu ſtatten, und half die Flamme bis hinauf in die oberſten Gibel jagen. Wir indeß Gaſſe auf, Gaſſe nieder, wie Furien — Feuerjo! Feuerjo! durch die ganze Stadt — Geheul — Geſchrei — Gepolter — fangen an die Brandglocken zu brummen, knallt der Pulverthurm in die Luft, als wär die Erde mitten entzwei geborſten, und der Himmel zerplazt, und die Hölle zehntauſend Klafter tiefer verſunken.

Roller. Und jezt ſah mein Gefolge zurück — da lag die Stadt wie Gomorrha und Sodom; der ganze Horizont war Feuer, Schwefel und Rauch; vierzig Gebürge brüllen den infernaliſchen Schwank, in die Runde herum nach; ein paniſcher Schreck ſchmeißt alle zu Boden — jezt nuz ich den Zeitpunkt, und riſch, wie der Wind! — ich war losgebunden,

ſo

so nah wars dabei — da meine Begleiter versteinert wie Loths Weib zurückschauen, Reißaus! zerrissen die Haufen! Davon! Sechzig Schritte weg werf ich die Kleider ab, stürze mich in den Fluß, schwimm unterm Wasser fort, bis ich glaubte ihnen aus dem Gesichte zu seyn. Mein Hauptmann schon parat mit Pferden und Kleidern — so bin ich entkommen. Moor! Moor! möchtest du bald auch in den Pfeffer gerathen, daß ich dir Gleiches mit Gleichem vergelten kann!

Razmann. Ein bestialischer Wunsch, für den man dich hängen sollte. — Aber es war ein Streich zum Zerplatzen.

Roller. Es war Hülfe in der Noth; ihr könnts nicht schätzen. Ihr hättet sollen — den Strick um den Hals — mit lebendigem Leibe zu Grabe marschieren wie ich; und die sakermentalischen Anstalten und Schindersceremonien, und mit jedem Schritt, den der scheue Fuß vorwärts wankte, näher und fürchterlich näher die verfluchte Maschine, wo ich einlogirt werden sollte, im Glanz der schröcklichen Morgensonne steigend, und die laurenden Schindersknechte, und die gräßliche Musik — noch raunt sie in meinen Ohren — und das Gekrächz hungriger Raben, die von meinem halbfaulen Antecessor zu dreißigen aufflogen, und alles das, alles — und obendrein noch der Vorschmack der Seeligkeit, die mir blühete! Nein, bei allen Schätzen des Mammons! ich möchte

das

das nicht zum zweitenmal erleben. Sterben ist etwas mehr als Harlequins Sprung, und Todesangst ist ärger als Sterben.

Spiegelberg. Und der hüpfende Pulverthurm — Drum stank auch die Luft so nach Schwefel, Stunden weit, als würde die ganze Garderobe des Molochs unter dem Firmament ausgelüftet —

Schweizer. Macht sich die Stadt eine Freude daraus, meinen Kameraden wie ein verheztes Schwein abthun zu sehen, was zum Henker! sollen wir uns ein Gewissen daraus machen, unserem Kameraden zu Lieb die Stadt drauf gehen zu lassen? Weißt du nicht, Schufterle, wie viel es Todte gesetzt hat?

Schufterle. Drei und achtzig, sagt man. Der Thurm allein hat ihrer sechzig zu Staub zerschmettert.

Räuber Moor. (sehr ernst) Roller, du bist theuer bezahlt.

Schufterle. Pah! pah! Was heißt aber das? — Ja, wenns Männer gewesen wären — aber da warens Wickelkinder, die ihre Laken vergolden; eingeschnurrte Mütterchen, die ihnen die Mücken wehrten; ausgedörrte Ofenhocker, die keine Thüre mehr finden konnten — Was leichte Beine hatte, war ausgeflogen der Komödie nach, und nur der Bodensatz der Stadt blieb zurück, die Häuser zu hüten.

Räuber Moor. O der armen Gewürme! Greise, sagst du, und Kinder? —

Schuf.

Schufterle. Ja zum Teufel! Und Kranke, Kindbetterinnen darzu, und hochschwangere Weiber. Wie ich von ohngefähr so an einer Baracke vorbei gehe, hör ich drinnen ein Gezeter; ich guck hinein, und wie ichs beim Licht besehe, was wars? Ein Kind wars, noch frisch und gesund, das lag auf dem Boden unterm Tisch, und der Tisch wollte eben an gehen — Armes Thiergen! sagt' ich, du verfrierst ja hier, und warfs in die Flamme —

Räuber Moor. Wirklich, Schufterle? — Und diese Flamme brenne in deinem Busen, bis die Ewig= keit grau wird! — Fort Ungeheuer! Laß dich nimmer unter meiner Baude sehen! (es entsteht ein Gemurmel) Murrt ihr? Ueberlegt ihr? — Wer überlegt, wann ich befehle? — Fort mit ihm, sag ich! — Es sind noch mehr unter euch, die mei= nem Grimm reif sind. Ich kenne dich, Spiegel= berg. Aber ich will nächstens unter euch treten, und fürchterlich Musterung halten.

(sie gehen zitternd ab)

Zehnter Auftritt.

Räuber Moor allein, (heftig auf und abgehend)

Höre sie nicht, Rächer im Himmel! — Was kann ich dafür? Was kannst du dafür, wenn deine Pestilenz, deine Theurung, deine Wasserfluthen, den Gerechten mit dem Bösewicht auffressen? Wer kann

E 3   der

der Flamme befehlen, daß sie nicht auch durch die
gesegneten Saaten wüthe, wenn sie das Genist der
Hornissel zerstören soll? — Da steht der Knabe,
schamroth und ausgehöhnt vor dem Auge des Himmels, der sich anmaßte mit Jupiters Keule zu spielen, und Pygmeen niederwarf, da er Titanen zer-
schmettern sollte — Geh, geh! Du bist der Mann
nicht, das Rachschwerdt Gottes zu regieren, du erlagst
bei dem ersten Griffe; — hier entsag ich dem frechen
Plane, gehe, mich in irgend eine Kluft der Erde zu
verkriechen, wo der Tag vor meiner Schande zurücktritt.   (er will fliehen)

Eilfter Auftritt.

Roller. (eilig) Voriger.

Sieh dich vor, Hauptmann! Es spukt! Ganze
Haufen böhmischer Reuter schwadroniren im Holze
herum — Der höllische Blaustrumpf muß ihnen
verrätscht haben —

Zwölfter Auftritt.

Grimm. Vorige.

Hauptmann, Hauptmann! Sie haben uns die
Spur abgelauert — rings ziehen ihrer etliche Tausend einen Kordon um den mittlern Wald.

                                    Drei.

Dreizehnter Auftritt.

Spiegelberg. Vorige.

Weh, Weh, Weh! Wir sind gefangen, wir sind gerädert, wir sind geviertheilt! Viele tausend Husaren, Dragoner und Jäger sprengen um die Anhöhe, und halten die Luftlöcher besetzt.

(Räuber Moor geht ab)

Vierzehnter Auftritt.

Schweizer, Razmann, Schufterle, Räubertrupp. Vorige drei (von der andern Seite herkommend)

Schweizer. Haben wir sie aus den Federn geschüttelt? Freu dich doch, Roller! Das hab ich mir lang gewünscht, mich mit so Kommißbrod=Rittern herum zu hauen. — Wo ist der Hauptmann? Ist die ganze Bande beisammen? Wir haben doch Pulver genug?

Razmann. Pulver die schwere Menge. Aber unser sind achtzig in allem, und so immer kaum einer gegen ihrer zwanzig.

Schweizer. Desto besser! Sie setzen ihr Leben an zehen Kreuzer, fechten wir nicht für Hals und Freiheit? — Wir wollen über sie her, wie die Sündfluth, und auf ihre Köpfe herabfeuern wie Wetterleuchter. — Wo, zum Teufel! ist denn der Hauptmann?

E 4

Spie-

Spiegelberg. Er verläßt uns in dieser Noth. Können wir denn nicht mehr entwischen?

Schweizer. Entwischen? So wollt' ich doch, daß du im Koth ersticktest, feige Seele du! Hast immer ein großes Maul; aber wenn du zwei Fäuste siehst — Memme, zeige dich jetzt, oder man soll dich in eine Sauhaut nähen, und durch Hunde verhetzen lassen.

Razmann. Der Hauptmann, der Hauptmann!

Fünfzehnter Auftritt.

Räuber Moor (langsam vor sich) **Vorige.**

Räuber Moor. Ich habe sie vollends ganz einschliessen lassen, jezt müssen sie fechten wie Verzweifelte. (laut) Kinder! Nun gilts! wir sind verlohren, oder wir müssen fechten wie angeschossene Eber.

Schweizer. Ha, ich will ihnen mit meinen Fanzern den Bauch schlizen. Führ uns an, Hauptmann! Wir folgen dir in den Rachen des Todes.

Räuber Moor. Ladet alle Gewehre! es fehlt doch an Pulver nicht?

Schweizer. (springt auf) Pulver genug, die Erde gegen den Mond zu sprengen!

Razmann. Jeder hat fünf Paar Pistolen geladen, jeder noch drei Kugelbüchsen darzu.

Räuber

Räuber Moor. Gut, gut. Und nun muß ein Theil auf die Bäume klettern, oder sich in Dickicht verstecken, und Feuer auf sie geben im Hinterhalt —

Schweizer. Da gehörst du hin, Spiegelberg!

Räuber Moor. Wir andern, wie Furien, fallen ihnen in die Flanken.

Schweizer. Darunter bin ich, ich!

Räuber Moor. Zugleich muß jeder sein Pfeifchen hören lassen, im Wald herum jagen, daß unsere Anzahl schröcklicher werde: auch müssen alle Hunde los, und in ihre Glieder gehezt werden, daß sie sich trennen, zerstreuen, und euch in den Schuß rennen: Wir drei, Roller, Schweizer und ich fechten im Gedränge.

Sechszehnter Auftritt.

Es kommt ein Kommissarius. Vorige.

Grimm. Seht! da kommt schon so ein Hezhund der Gerechtigkeit angestiegen.

Schweizer. Schmeißt ihn nieder. Laßt ihn nicht zum Wort kommen.

Räuber Moor. Stille doch! ich will hören.

Der Kommissar. Mit eurer Erlaubniß, ihr Herren. Ich bin ein Bevollmächtigter des Gerichts, und draussen achthundert, die jedes Haar auf meinem Kopfe bewachen.

Schweizer.

Schweizer. Eine herzbrechende Klausel, sich den Magen hier warm zu halten.

K. Moor. Schweig Kamerad! Sagen sie kurz, mein Herr! Was haben sie anzubringen?

Der Kommißar. Mich sendet die hohe Obrigkeit, die über Leben und Tod spricht. Ein Wort an dich — zwei an die Bande.

K. Moor. (an seinen Degen gestemmt) Zum Exempel —

Kommißar. Entsetzlicher Mensch! Picht nicht das Blut des ermordeten Reichsgrafen an deinen verfluchten Fingern? Hast du nicht das Heiligthum des Herrn mit diebischen Händen durchbrochen, und mit einem Schelmengrif die geweihten Gefäße des Nachtmahls entwandt? Wie? hast du nicht Feuerbrände in unsere gottesfürchtige Stadt geworfen? und den Pulverthurm über die Häupter guter Christen herabgestürzt? (mit zusammengeschlagenen Händen) Gräuliche, gräuliche Frevel, die bis zum Himmel hinauf stinken, das jüngste Gericht wafnen, daß es reissend daher bricht! Reif zur Vergeltung, zeitig zur letzten Posaune.

K. Moor. Meisterlich gerathen bis hieher! Aber zur Sache! Was läßt mir der hochlöbliche Magistrat durch Sie kund machen?

Kommißar. Was du nie werth bist zu empfangen — Schau um dich, Mordbrenner! Was nur dein Auge absehen kann, bist du eingeschlossen von unsern

unfern Reutern — hier ist kein Raum zum Entrin=
nen mehr — So gewiß Kirschen auf diesen Eichen
wachsen, und diese Tannen Pfirsiche tragen, so gewiß
werdet ihr unversehrt diesen Eichen und diesen Tannen
den Rücken kehren.

R. Moor. Hört ihrs wohl, Schweizer und
Roller? — Aber nur weiter!

Kommißar. Höre dann, wie gütig, wie lang=
müthig das Gericht mit dir Bösewicht verfährt. Wirst
du jezt gleich zum Kreuz kriechen, und um Gnade
und Schonung flehen, siehe, so wird dir die Strenge
selbst Erbarmen, die Gerechtigkeit eine liebende Mut=
ter seyn — sie drückt das Auge bei der Hälfte deiner
Verbrechen zu, und läßt es — denk doch! — und
läßt es bei dem Rade bewenden.

Schweizer. Hast du's gehört, Hauptmann?
Soll ich hingehen, und diesem abgerichteten Schä=
ferhunde die Gurgel zusammen schnüren, daß ihm
der rothe Saft aus allen Schweißlöchern spru=
delt? —

Roller. Hauptmann! — Sturm! Wetter und
Hölle! — Hauptmann! — Wie er die Unterlippe
zwischen die Zähne klemmt! Soll ich diesen Kerl das
oberst zu unterst unterm Firmament wie einen Kegel
aufsetzen.

R. Moor. Weg von ihm! Wag es keiner ihn
anzurühren! — (zum Kommißarius) Sehen Sie,
mein Herr! Hier stehen neun und siebenzig, dere
Haupt=

Hauptmann ich bin, und weiß keiner auf Wink und
Kommando zu fliegen, oder nach dem Takt der Ka-
nonen zu tanzen, und draussen stehen achthundert
unter Musqueten ergraut. — Aber hören sie nun!
so redet Moor, der Mordbrenner Hauptmann:
Wahr ists, ich habe den Reichsgrafen erschlagen, die
Dominicus-Kirche angezündet, und geplündert, hab
Feuerbrände in eure bigotte Stadt geworfen, und
den Pulverthurm über die Häupter guter Christen
herabgestürzt. — Aber das ist noch nicht alles. Ich
habe noch mehr gethan. (er streckt seine rechte Hand
aus) Bemerken sie die vier kostbaren Ringe, die
ich an jedem Finger trage. — Diesen Rubin zog
ich einem Minister vom Finger, den ich auf der Jagd
zu den Füßen seines Fürsten niederwarf. Er hatte
sich aus dem Pöbelstande zu seinem ersten Günstling
empor geschmeichelt; der Fall seines Nachbars war
seiner Hoheit Schemmel. — Thränen der Waisen
huben ihn auf. Diesen Demant zog ich einem Ge-
neralkaßirer ab, der Ehrenstellen und Aemter an die
Meistbietenden verkaufte, und den traurenden Patrioten
von seiner Thüre stieß. — Diesen Agat trag ich
einem Pfaffen zur Ehre, den ich mit eigner Hand
erwürgte, als er auf offener Kanzel geweint hatte, daß
die Inquisition so in Verfall käme — Ich könnte
ihnen noch mehrere Geschichten von meinen Ringen
erzählen, wenn mich nicht schon die paar Worte ge-
reueten, die ich mit ihnen verschwendet habe.

Kom-

Kommißar. Daß ein Bösewicht noch so stolz seyn kann!

R. Moor. Nicht genug — jezt will ich stolz reden. Geh hin, und sage dem hochlöblichen Gericht, das über Leben und Tod würfelt — Ich bin kein Dieb, der sich mit Schlaf und Mitternacht verschwört, und auf der Leiter groß und herrisch thut — was ich gethan habe, werd ich ohne Zweifel einmal im Schuldbuch des Himmels lesen; aber mit seinen erbärmlichen Verwesern will ich kein Wort mehr verlieren. Sag ihnen, mein Handwerk ist Wiedervergeltung — Rache ist mein Gewerbe.

(er kehrt ihm den Rücken zu)

Kommißar. Du willst also nicht Schonung und Gnade? — Gut, mit dir bin ich fertig. (wendet sich zu der Bande) So höret dann ihr, was die Gerechtigkeit euch durch mich zu wissen thut! — Werdet ihr jezt gleich diesen verurtheilten Missethäter gebunden überliefern, seht, so soll euch die Strafe eurer Greuel bis auf das lezte Andenken erlassen seyn — Die heilige Kirche wird euch verlohrne Schafe mit erneuerter Liebe in ihren Mutterschooß aufnehmen, und jedem unter euch soll der Weg zu einem Ehrenamt offen stehen. Leset selbst, hier ist der Generalpardon unterschrieben. (er reicht Schweizern ein Papier mit triumphirenden Lächeln) Nun, nun? Wie schmeckt das, Ew. Majestät? — Frisch also! Bindet ihn, und seyd frey!

R.

K. Moor. Hört ihrs auch? Hört ihr? Was stuzt ihr? Was steht ihr verlegen da? Sie bietet euch Freiheit, und ihr seyd würklich schon ihre Gefangene. — Sie schenkt euch das Leben, und das ist keine Prahlerei, denn ihr seyd wahrhaftig gerichtet. — Sie verheißt euch Ehren und Aemter, und was kann euer Loos anders seyn, wenn ihr auch obsieget, als Schmach und Fluch und Verfolgung. Sie kündigt euch Versöhnung vom Himmel an, und ihr seyd würklich verdammt. Es ist kein Haar an keinem unter euch, das nicht in die Hölle fährt. Ueberlegt ihr noch? Wählt ihr noch? Ist es so schwer zwischen Himmel und Hölle zu wählen? Helfen sie doch, mein Herr!

Kommißar. Wie heißt der Teufel, der aus ihm spricht? Der Kerl macht mich wirbeln.

K. Moor. Wie? noch keine Antwort? Denkt ihr wohl gar noch mit den Waffen durchzureissen? Schaut doch um euch, schaut doch um euch! Das werdet ihr doch nicht denken, das wäre jezt kindische Zuversicht. — Oder schmeichelt ihr euch wohl gar, als Helden zu fallen, weil ihr saht, daß ich mich aufs Getümmel freute? — O glaubt das nicht! Ihr seyd nicht Moor. — Ihr seyd heillose Diebe! elende Werkzeuge meiner größeren Plane, wie der Strick verächtlich in der Hand des Henkers! — Diebe können nicht fallen, wie Helden fallen. — Diebe haben das Recht vor dem Tode zu zittern. —

Höret,

Hört, wie ihre Hörner tönen! Sehet, wie drohend ihre Säbel daher blinken! Wie? noch unschlüßig? Seyd ihr toll? Seyd ihr wahnwitzig? — Ich dank euch mein Leben nicht, ich schäme mich eures Opfers! *(man hört in der Ferne Trompeten)*

Kommißar. *(äusserst erstaunt)* Ich werde unsinnig, ich laufe davon! Hat man je von so was gehört?

K. Moor. Oder fürchtet ihr wohl, ich werde mich selbst erstechen, und durch einen Selbstmord den Vertrag zernichten, der nur an dem Lebendigen haftet? Nein, Kinder! das ist eine unnütze Furcht. Hier werf ich meinen Dolch weg, und meine Pistolen, und dieß Fläschgen mit Gift, das mir noch wohl kommen sollte. — Was, noch unschlüßig? Oder glaubt ihr vielleicht, ich werd mich zur Wehr setzen, wenn ihr mich binden wollt? Seht! hier bind ich meine rechte Hand an diesen Eichenast, ich bin ganz wehrlos, ein Kind kann mich umwerfen — Wer ist der erste, der seinen Hauptmann in der Noth verläßt?

Roller. *(in wilder Bewegung)* Und wenn die Hölle uns neunfach umzingelte! *(schwengt seinen Degen)* Wer kein Hund ist, rette den Hauptmann!

Schweizer. *(zerreißt den Pardon, und wirft die Stücke dem Kommißar ins Gesicht)* In unsern Kugeln Pardon! Fort Kanaille! Sag dem Senat, der

dich

dich gesandt hat, du träffst unter Moors Bande keinen einzigen Verräther an. — Rettet, rettet den
Hauptmann!

Alle. (lermen) Rettet, rettet, rettet den Hauptmann!

K. Moor. (sich losreissend freudig) Jezt sind
wir frei — Kameraden! Ich fühle eine Armee in
meiner Faust. — Tod oder Freyheit! Wenigstens
sollen sie keinen lebendig haben!

> (Man bläßt zum Angrif. Lerm und Ge-
> tümmel. Sie gehen ab mit gezogenen
> Degen.)

Drit=

Dritter Aufzug.

Erster Auftritt.

Amalia. (nachdenkend im Garten) **Franz tritt auf.**
(beyde in tiefer Trauer)

Franz. Schon wieder hier, eigensinnige Schwärmerinn? Du hast dich vom frohen Mahle hinweg gestohlen, und den Gästen die Freude verdorben.

Amalia. Schade für diese unschuldige Freuden! Das Todtenlied muß noch in deinen Ohren murmeln, das deinem Vater zu Grabe hallte —

Franz. Willst du denn ewig klagen? Laß die Todten schlafen, und mache die Lebendigen glücklich! Ich komme —

Amalia. Und wenn gehst du wieder?

Franz. O Weh! kein so finsteres stolzes Gesicht! Du betrübst mich, Amalia. Ich komme dir zu sagen —

Amalia. Ich muß wohl hören, Franz von Moor ist ja gnädiger Herr worden.

Franz. Ja recht, das wars, worüber ich dich vernehmen wollte — Maximilian ist schlafen gegangen in der Väter Gruft. Ich bin Herr. Aber ich möchte es vollends ganz seyn, Amalia. — Du weißt, was du unserm Hause warst; du warst gehalten wie Moors Tochter, selbst den Tod überlebte

lebte seine Liebe zu dir; das wirst du wohl niemals
vergeſſen? —

Amalia. Niemals, niemals. Wer das auch
ſo leichtſinnig beym frohen Mahle hinweg zechen
könnte!

Franz. Die Liebe meines Vaters mußt du in ſei⸗
nen Söhnen belohnen; und Karl iſt todt — ſtaunſt
du? Schwindelt dir? Ja wahrhaftig, der Gedanke
iſt auch ſo ſchmeichelnd erhaben, daß er ſelbſt den
Stolz eines Weibes betäubt. Franz tritt die Hoff⸗
nungen der edelſten Fräuleins mit Füſſen; Franz
kommt, und bietet einer Armen, ohne ihn hülfloſen
Waiſe ſein Herz, ſeine Hand, und mit ihr all ſein
Gold an, und all ſeine Schlöſſer und Wälder —
Franz, der Beneidete, der Gefürchtete erklärt ſich
freywillig für Amalia's Sklaven —

Amalia. Warum ſpaltet der Blitz die ruchloſe
Zunge nicht, die das Frevelwort ausſpricht! Du
haſt meinen Geliebten ermordet, und Amalia ſoll dich
Gemahl nennen! Du —

Franz. Nicht ſo ungeſtümm, allergnädigſte
Prinzeßin! — Freylich krümmet Franz ſich nicht,
wie ein girrender Seladon vor dir — Freylich hat
er nicht gelernt, gleich dem ſchmachtenden Schäfer
Arkadiens dem Echo der Grotten und Felſen ſeine Lie⸗
besklagen entgegen zu jammern. — Franz ſpricht,
und wenn man nicht antwortet, ſo wird er —
befehlen.

Amalia.

Amalia. Wurm du, befehlen? Mir befehlen? — Und wenn man den Befehl mit Hohnlachen zurück schickt?

Franz. Das wirst du nicht. Noch weiß ich Mittel, die den Stolz eines einbildischen Starrkopfs so hübsch niederbeugen können — Kloster und Mauren!

Amalia. Bravo! herrlich! Und in Kloster und Mauren mit deinem Basilisken-Anblick auf ewig verschont, und Muße genug an Karln zu denken, zu hangen. Willkommen mit deinem Kloster! Auf, auf mit deinen Mauren!

Franz. Haha! ist es das? — Gieb Acht! jezt hast du mich die Kunst gelehrt, wie ich dich quälen soll. — Diese ewige Grille von Karln soll dir mein Anblick gleich einer feuerhaarigen Furie aus dem Kopfe geißeln; das Schreckbild Franz soll hinter dem Bilde deines Lieblings im Hinterhalt lauren, gleich dem verzauberten Hunde, der auf unter-irdischen Goldkästen liegt. — An den Haaren will ich dich in die Kapelle schleifen, den Degen in der Hand, dir den ehelichen Schwur aus der Seele pressen.

Amalia. (giebt ihm eine Maulschelle) Nimm erst das zur Aussteuer hin!

Franz. (aufgebracht) Ha! wie das zehnfach und wieder zehnfach geahndet werden soll! — Nicht meine Gemahlin — die Ehre sollst du nicht haben —

meine

meine Maitresse sollst du werden, daß die ehrlichen
Bauerweiber mit Fingern auf dich deuten, wenn du
es wagst, und über die Gasse gehst. Knirsche nur mit
den Zähnen — speye Feuer und Mord aus den
Augen — mich ergötzt der Grimm eines Weibes; er
macht dich nur schöner, begehrenswerther. Komm —
dieses Sträuben wird meinen Triumph zieren, und
mir die Wollust in erzwungnen Umarmungen wür-
zen. Komm mit zum Altar — jezt gleich sollst
du mit mir gehn.   (will sie fortreißen)

Amalia. (fällt ihm um den Hals) Verzeih mir,
Franz! (wie er sie umarmen will, reißt sie ihm den
Degen von der Seite, und tritt hastig zurück) Siehst
du Bösewicht, was ich jezt aus dir machen kann? —
Ich bin ein Weib, aber ein rasendes Weib — Wag
es einmal — dieser Stahl soll deine Brust mitten
durchrennen, und der Geist meines Oheims wird mir
die Hand dazu führen.   Fleuch auf der Stelle!
                    (sie jagt ihn davon)

Amalia. Ah! wie mir wohl ist! — Jezt kann
ich frey athmen. — Ich fühle mich stark, wie das
feuersprühende Roß, grimmig wie die Tygerin dem
siegbrüllenden Räuber ihrer Jungen nach. — In
ein Kloster sagt er — dank dir für diese glückliche
Entdeckung — Jezt hat die betrogene Liebe ihre Freystadt gefunden — das Kloster — ist die Freystadt
der betrogenen Liebe.   (ab)

Zwei:

Zweiter Auftritt.

Gegend an der Donau.

Die Räuber (gelagert auf einer Anhöhe unter Bäumen, die Pferde weiden am Hügel hinunter)

R. Moor. Hier muß ich liegen bleiben. (wirft sich auf die Erde) Meine Glieder wie abgeschlagen. Meine Zunge trocken wie eine Scherbe. Ich wollt euch bitten, mir eine Handvoll Wassers aus diesem Strome zu holen; aber ihr seyd alle matt bis in den Tod.

> (Schweizer hat sich unter Moors Rede unvermerkt weggeschlichen, um ihm Wasser zu holen.)

Grimm. Auch ist der Wein alt in unsern Schläuchen. Wie herrlich die Sonne dort untergeht.

R. Moor. (in den Anblick verschwemmt) So stirbt ein Held anbetenswürdig!

Grimm. Du scheinst tief gerührt.

R. Moor. Da ich noch ein Bube war — wars mein Lieblingsgedanke, wie sie zu leben, zu sterben wie sie. (mit verbissenem Schmerz) Es war ein Bubengedanke!

Grimm. Das will ich hoffen!

R. Moor. (drückt den Hut übers Gesicht) Es war eine Zeit — laßt mich allein, Kameraden!

Grimm. Moor! Moor! Was zum Henker! — Wie er seine Farbe verändert!

Raz-

Razmann. Alle Teufel! Was hat er? Wird ihm übel?

R. Moor. Es war eine Zeit, wo ich nicht schlafen konnte, wenn ich mein Nachtgebet vergessen hatte.

Grimm. Bist du wahnsinnig? Willst du dich von deinen Bubenjahren hofmeistern lassen?

R. Moor. (legt sein Haupt auf Grimms Brust) Bruder! Bruder!

Grimm. Wie? Sey doch kein Kind, ich bitte dich —

R. Moor. Wär ichs — Wär ichs wieder! —

Grimm. Pfui! pfui! heitere dich auf! Sieh diese malerische Landschaft — den lieblichen Abend —

R. Moor. Ja, Freunde! diese Welt ist so schön —

Grimm. Nun! das war wohl gesprochen.

R. Moor. Diese Erde so herrlich —

Grimm. Recht — recht, — so hör ichs gerne!

R. Moor. Und ich so häßlich, auf dieser schönen Welt! — Und ich ein Ungeheuer auf dieser herrlichen Erde! (zurückgesunken) Der verlohrne Sohn!

Grimm. O Weh! O Weh!

R. Moor. Meine Unschuld! meine Unschuld! — Seht, es ist alles hinausgegangen, sich im fröhlichen Strahl des Frühlings zu sonnen. Warum ich allein die Hölle saugen aus den Freuden des Himmels? —

Daß

Daß alles so glücklich ist! durch den Geist des
Friedens alles so verschwistert! — Die ganze Welt
eine Familie und ein Vater dort oben — mein Vater
nicht! — Ich allein der Verstoßene, der verlohrne
Sohn! — Ich allein ausgemustert aus dem Reiche
der Reinen. — (wild zurückfahrend) Umlagert von
Mördern — von Nattern umzischt — angeschmiedet
an das Laster, mit eisernen Ketten —

Razmann. (zu den übrigen). Unbegreiflich! Ich
hab ihn nie so gesehen.

R. Moor. (mit Wehmuth) Daß ich wiederkehren dürfte in meiner Mutter Leib! Daß ich
ein Bettler gebohren werden dürfte! Nein! ich
wollte nicht mehr, o Himmel! — Daß ich werden dürfte wie dieser Taglöhner einer! — O ich
wollte mich abmüden, daß mir das Blut von den
Schläfen rollte — mir die Wollust eines einzigen
Mittagsschlafes zu erkaufen — die Seligkeit einer
einzigen Thräne.

Grimm. (zu den andern) Nur Geduld! der
Paroxismus ist schon im Fallen.

R. Moor. Es war eine Zeit, wo sie mir so
gerne flossen! — O ihr Tage des Friedens! Du
Schloß meines Vaters — ihr grünen, schwärmeri-
schen Thäler! O all ihr Elisiumszenen meiner Kind-
heit! — Werdet ihr nimmer zurückkehren? — nimmer mit köstlichem Säuseln meinen brennenden Busen
kühlen? — Traure mit mir Natur! Sie werden

nimmer

nimmer zurückkehren; nimmer mit köstlichem Säu=
seln meinen brennenden Busen kühlen — Dahin!
dahin! unwiederbringlich!

Dritter Auftritt.

Die Vorigen. Schweizer. (der mit Waſſer im
Hut zurück kömmt)

Schweizer. Trink, Hauptmann — hier iſt Waſ=
ſer genug, und friſch, wie Eis.

Grimm. Du bluteſt ja — Was haſt du ge=
macht?

Schweizer. Narr, einen Spaß, der mich bald
zwey Beine und einen Hals gekoſtet hätte. Wie ich
ſo auf dem Sandbühel am Fluß hintrollte, glitſch,
ſo rutſcht der Plünder unter mir ab, und ich zehn
rheinländiſche Schuh lang hinunter — da lag ich,
und wie ich mir eben meine fünf Sinne wieder zu=
recht ſetze, treff ich dir das klarſte Waſſer im Kies.
Genug diesmal für den Tanz, dacht ich, dem Haupt=
mann wirds wohlſchmecken.

Moor. (giebt ihm den Hut zurück, und wiſcht ihm
ſein Geſicht ab) Sonſt ſieht man ja die Narben nicht,
die die böhmiſchen Reuter in deine Stirne gezeichnet
haben — Dein Waſſer war gut, Schweizer —
Dieſe Narben ſtehen dir ſchön.

Schweizer. Pah! hat noch Platz genug für ihrer
dreyßig.

Moor.

Moor. Ja Kinder — es war ein heißer Nach=
mittag — und nur einen Freund verlohren. — Mein
Roller starb einen schönen Tod. Man würde einen
Marmor auf seine Gebeine setzen, wenn er nicht mir
gestorben wäre. Nehmt verlieb mit diesem. (er
wischt sich die Augen) Wie viel warens doch von
den Feinden, die auf dem Platz blieben?

Schweizer. Sechzig Husaren — drey und neun=
zig Dragoner, gegen vierzig Jäger — zweyhundert
in allem.

Moor. Zweyhundert für einen! — Jeder von
euch hat Anspruch an diesen Scheitel! (er entblößt
sich das Haupt) Hier heb ich meinen Dolch auf!
So wahr meine Seele lebt! Ich will euch niemals
verlassen —

Schweizer. Schwöre nicht! Du weißt nicht,
ob du nicht noch glücklich werden, und bereuen
wirst —

Moor. Bey den Gebeinen meines Rollers! Ich
will euch niemals verlassen!

Vierter Auftritt.

Kosinsky kommt. Vorige.

Kosinsky. (vor sich) In diesem Revier herum,
sagen sie, werd ich ihn antreffen — He! holla! Was
sind das für Gesichter? — Solltens — wie wenns
diese — sie sinds, sinds! — Ich will sie anreden.

Grimm.

Grimm. Gebt acht, wer kommt da?

Roſinsky. Meine Herren, verzeihen ſie! Ich weiß nicht, gehe ich recht oder unrecht?

Moor. Und wer müſſen wir ſeyn, wenn Sie recht gehen?

Roſinsky. Männer!

Schweizer. Ob wir das auch gezeigt haben, Hauptmann?

Roſinsky. Männer ſuch ich, die dem Tod ins Geſicht ſehen, und die Gefahr wie eine zahme Schlange um ſich ſpielen laſſen; die Freyheit höher ſchätzen, als Ehre und Leben, deren bloßer Name, willkommen dem Armen und Unterdrückten, die Beherzteſten feig, und Tyrannen bleich macht.

Schweizer. (zum Hauptmann) Der Purſche gefällt mir. — Höre, guter Freund! Du haſt deine Leute gefunden.

Roſinsky. Das denk ich, und will hoffen, bald meine Brüder. — So könnt ihr mich dann zu meinem rechten Manne weiſen, denn ich ſuch euren Hauptmann, den großen Grafen von Moor.

Schweizer. (giebt ihm die Hand mit Wärme) Lieber Junge, wir duzen einander.

Moor. (näher kommend) Kennen ſie auch den Hauptmann?

Roſinsky. Du biſts — in dieſer Miene — wer ſollte ihn anſehen, und einen andern ſuchen? (ſtarrt ihn lang an) Ich habe mir immer gewünſcht,

den

den Mann mit dem vernichtenden Blicke zu sehen,
wie er saß auf den Ruinen von Karthago — jezt
wünsch ich es nicht mehr.

Schweizer. Blizbub! ·

Moor. Und was führt sie zu mir?

Rosinsky. O Hauptmann! Mein mehr als grau-
sames Schicksal. — Ich habe Schifbruch gelitten
auf der ungestümmen See dieser Welt, die Hoffnung-
en meines Lebens hab ich müssen sehen in den Grund
sinken, und blieb mir nichts übrig, als die marternde
Erinnerung ihres Verlustes, die mich wahnsinnig
machen würde, wenn ich sie nicht durch anderwärtige
Thätigkeit zu ersticken suchte.

Moor. Schon wieder ein vom Himmel Verwor-
fener! — Nur weiter.

Rosinsky. Ich wurde Soldat. Das Unglück
verfolgte mich auch da. — Ich machte eine Fahrt
nach Ostindien mit; mein Schif scheiterte an Klip-
pen — nichts als fehlgeschlagene Plane! Ich höre
endlich weit und breit erzählen von deinen Thaten,
Mordbrennereyen, wie sie sie nannten, und bin hieher
gereißt dreyßig Meilen weit, mit dem festen Entschluß,
unter dir zu dienen, wenn du meine Dienste annehmen
willst -- Ich bitte dich, würdiger Hauptmann!
schlage mirs nicht ab!

Schweizer. (mit einem Sprung) Heisa! heisa!
So ist ja unser Roller zehnhundertfach vergütet!
Ein ganzer Mordbruder für unsere Bande.

        Moor.

Moor. Wie ist dein Name?

Kosinsky. Kosinsky.

Moor. Wie? Kosinsky? Weißt du auch, daß du ein leichtsinniger Knabe bist, und über den großen Schritt deines Lebens weggaukelst, wie ein unbesonnenes Mädchen. — Hier wirst du nicht Bälle werfen, oder Kegelkugeln schieben, wie du dir einbildest.

Kosinsky. Ich weiß, was du sagen willst — Ich bin vier und zwanzig Jahr alt, aber ich habe Degen blinken gesehen, und Kugeln um mich surren gehört.

Moor. So, junger Herr? — Und hast du dein Fechten nur darum gelernt, arme Reisende um einen Reichsthaler niederzustoßen, oder Weiber hinterrücks todt zu stechen? Geh, geh! Du bist deiner Amme entlaufen, weil sie dir mit der Ruthe gedroht hat.

Schweizer. Was zum Henker, Hauptmann! Was denkst du? Willst du diesen Herkules fortschicken? Sieht er nicht gerade so drein, als wollt er den Marschall von Sachsen mit einem Kochlöffel über den Ganges jagen?

Moor. Weil dir deine Lappereyen mißglücken, kommst du, und willst ein Schelm, ein Meuchelmörder werden? — Mord! Knabe, verstehst du das Wort auch? Du magst ruhig schlafen gegangen seyn, wenn du Mohnköpfe abgeschlagen hast, aber einen Mord auf der Seele tragen. —

Kosinsky.

Rosinsky. Jeden Mord, den du mich begehen heißt, will ich verantworten.

Moor. Was? bist du so klug? Willst du dich annassen einen Mann mit Schmeicheleyen zu fangen? Woher weißt du, daß ich nicht böse Träume habe, oder auf dem Todbette nicht werde blaß werden? Wie viel hast du schon gethan, wobey du an Verantwortung gedacht hast?

Rosinsky. Wahrlich! noch sehr wenig; aber doch diese Reise zu dir, edler Graf!

Moor. Hat dir dein Hofmeister die Geschichte des Robins in die Hände gespielt. — Man sollte dergleichen unvorsichtige Kanaillen auf die Galeere schmieden — die deine kindische Phantasie erhizte, und dich mit der tollen Sucht zum großen Mann ansteckte? Kizelt dich nach Namen und Ehre? Willst du Unsterblichkeit mit Mordbrennereyen erkaufen? Merk dirs, ehrgeiziger Jüngling! für Mordbrenner grünet kein Lorbeer! Auf Banditensiege ist kein Triumph gesetzt — aber Fluch, Gefahr, Tod, Schande — Siehst du auch das Hochgericht' dort auf dem Hügel? —

Spiegelberg. (unwillig auf und abgehend) Ey, wie dumm! wie abscheulich, wie unverzeihlich dumm! Das ist die Manier nicht! Ich habs anderst gemacht.

Rosinsky. Was soll der fürchten, der den Tod nicht fürchtet?

                           Moor.

Moor. Brav! Unvergleichlich! Du haſt dich wacker in den Schulen gehalten, du haſt deinen Seneka meiſterlich auswendig gelernt. — Aber lieber Freund, mit dergleichen Sentenzen wirſt du die leidende Natur nicht beſchwätzen; damit wirſt du die Pfeile des Schmerzens nimmermehr ſtumpf ma= chen. — Beſinne dich recht, mein Sohn! (er nimmt ſeine Hand) Denk, ich rathe dir als ein Vater — lern erſt die Tiefe des Abgrunds kennen, ehe du hin= ein ſpringſt! — Wenn du noch in der Welt eine einzige Freude zu erhaſchen weißt — es könnten Augenblicke kommen, wo du — aufwachſt — und dann — möcht es zu ſpät ſeyn. Du trittſt hier gleichſam aus dem Kreiſe der Menſchheit — ent= weder mußt du ein höherer Menſch ſeyn, oder du biſt ein Teufel. — Noch einmal, mein Sohn! Wenn dir noch ein Funken von Hoffnung irgend anderswo glimmt, ſo verlaß dieſen ſchröcklichen Bund; man kann ſich täuſchen — glaube mir, man kann das für Stärke des Geiſtes halten, was doch am Ende Verzweiflung iſt. — Glaube mir, mir! und mach dich eilig hinweg.

Koſinsky. Nein! ich fliehe jezt nicht mehr. Wenn dich meine Bitten nicht rühren, ſo höre die Ge= ſchichte meines Unglücks. — Du wirſt mir dann ſelbſt den Dolch in die Hände zwingen, du wirſt — Lagert euch hier auf dem Boden, und hört mir aufmerkſam zu!

Moor.

Moor. Ich will sie hören.

Rosinsky. Wisset also, ich bin ein böhmischer Edelmann, und wurde durch den frühen Tod meines Vaters Herr eines ansehnlichen Ritterguts. Die Gegend war paradiesisch — denn sie enthielt einen Engel — ein Mädchen geschmückt mit allen Reizen der blühenden Jugend, und keusch wie das Licht des Himmels. Doch, wem sag ich das? Es schallt an euren Ohren vorüber — ihr habt niemals geliebt, seyd niemals geliebt worden.

Schweizer. Sachte, sachte! Unser Hauptmann wird feuerroth.

Moor. Hör auf! ich wills ein andermal hören — morgen, nächstens, oder — wenn ich Blut gesehen habe.

Rosinsky. Blut, Blut — Höre nur weiter! Blut sag ich dir, wird deine ganze Seele füllen. Sie war bürgerlicher Geburt, eine Deutsche — aber ihr Anblick schmelzte die Vorurtheile des Adels hinweg. Mit der schüchternsten Bescheidenheit nahm sie den Trauring von meiner Hand, und übermorgen sollte ich meine Amalia vor den Altar führen.

Moor. (steht schnell auf)

Rosinsky. Mitten im Taumel der auf mich wartenden Seeligkeit, unter den Zurüstungen zur Vermählung — werd ich durch einen Expressen nach Hof citirt. Ich stellte mich. Man zeigte mir Briefe,

die

die ich geschrieben haben sollte, voll verrätherischen
Inhalts. Ich erröthete über die Bosheit — man
nahm mir den Degen ab, warf mich ins Gefängniß,
alle meine Sinnen waren hinweg.

Schweizer. Und unterdessen — nur weiter! Ich
rieche den Braten schon.

Kosinsky. Hier lag ich einen Monat lang, und
wußte nicht, wie mir geschah. Mir bangte für
meine Amalia, die meines Schicksals wegen jede Mi-
nute einen Tod würde zu leiden haben. Endlich
erschien der erste Minister des Hofs, wünschte mir zur
Entdeckung meiner Unschuld Glück; mit zuckersüßen
Worten liest er mir den Brief der Freyheit vor, und
giebt mir meinen Degen wieder. Jezt im Triumphe
nach meinem Schloß, in die Arme meiner Amalia zu
fliegen. — Sie war verschwunden. In der Mitternacht sey sie weggebracht worden, wüßte niemand,
wohin? und seitdem mit keinem Aug mehr gesehen.
Hui! schoß mirs auf wie der Bliz. Ich fliege nach
der Stadt, sondire am Hof — alle Augen wurzel-
ten auf mir, niemand wollte Bescheid geben —
endlich entdeck ich sie durch ein verborgenes Gitter
im Pallast — sie warf mir ein Billetchen zu.

Schweizer. Hab ichs nicht gesagt?

Kosinsky. Hölle, Tod und Teufel! Da stands!
Man hatte ihr die Wahl gelassen, ob sie mich lieber
sterben sehen, oder die Maitresse des Fürsten werden
wollte. Im Kampf zwischen Ehre und Liebe ent-
schied

schied sie für das zweite, und (lachend) ich war
gerettet.

Schweizer. Was thatst du da?

Roſinsky. Da stand ich, wie von tausend
Donnern getroffen! — Blut! war mein erster Ge=
danke, Blut! mein lezter. Schaum auf dem Munde
renn ich nach Haus, wählte mir einen dreischneidigen
Degen, und damit in aller Fast in des Ministers
Haus, denn nur er — er nur war der höllische
Kuppler gewesen. Man muß mich von der Gasse
bemerkt haben; denn wie ich hinauftrete, waren alle
Zimmer verschlossen. Ich suche, ich frage: er sey
zum Fürsten gefahren, war die Antwort. Ich mache
mich graden Wegs dahin; man wollte nichts von ihm
wissen. Ich gehe zurück, sprenge die Thüren ein, find
ihn, wollte eben — aber da sprangen fünf bis sechs
Bediente aus dem Hinterhalt, und entwanden mir
den Degen.

Schweizer. (stampft auf den Boden) Und er
kriegte nichts, und du zogst leer ab?

Roſinsky. Ich ward ergriffen, angeklagt, pein=
lich proceßirt, infam — merkts euch — aus beson=
derer Gnade, infam aus den Gränzen gejagt, meine
Güter fielen als Präsent dem Minister zu, meine
Amalia bleibt in den Klauen des Tygers, verseufzt
und vertrauert ihr Leben, während daß meine Rache
fasten, und sich unter das Joch des Despotismus
krümmen muß.

G   **Schweizer.**

Schweizer. (aufstehend, seinen Degen wezend)
Das ist Wasser auf unsere Mühle! Hauptmann!
Da giebts was anzuzünden!

Moor. (der bisher in heftigen Bewegungen hin
und her gegangen, springt rasch auf, zu den Räubern)
Ich muß sie sehen — auf! raft zusammen — du
bleibst, Kosinsky — packt eilig zusammen!

Die Räuber. Wohin? Was?

Moor. Wohin? Wer fragt wohin? (heftig zu
Schweizern) Verräther, du willst mich zurück halten? Aber bei der Hoffnung des Himmels!

Schweizer. Verräther ich? — Geh in die Hölle,
ich folge dir!

Moor. (fällt ihm um den Hals) Bruderherz!
Du folgst mir — sie weint, sie vertrauert ihr Le-
ben. Auf! hurtig! Alle! nach Franken! in acht
Tagen müssen wir dort seyn.

(sie gehen ab)

Vier=

Vierter Aufzug.

Erster Auftritt.

Gallerie im Moorischen Schloß.

R. Moor. Amalia. (*) *(verweilen vor einem Gemälde)*

R. Moor. *(sehr bewegt)* Ein fürtrefflicher Mann!

Amalia. Graf Brand scheint viel Antheil an ihm zu nehmen.

R. Moor. *(in dem Anblick versunken)* O ein fürtreflicher Mann — ein göttlicher Man! — Und er sollte dahin seyn?

Amalia. Dahin — wie unsere beßten Freuden dahin gehen. *(sanft seine Hand ergreifend)* Graf! es reift keine Seligkeit unter dem Monde.

R. Moor. Sehr wahr — sehr wahr — Und sollten sie schon diese traurige Erfahrung gemacht haben? — Noch können sie nicht zwei und zwanzig Jahr alt seyn.

Amalia. Und habe sie gemacht — alles lebt, um traurig wieder zu sterben — wir gewinnen nur darum — wir interessiren uns nur darum, daß wir wieder mit Schmerzen verlieren.

G 2

R.

(*) Ein Nonnengewand liegt auf dem Tisch.

K. Moor. (sieht ihr scharf ins Gesicht) Sie verlohren schon etwas?

Amalia. Nichts — Alles — Nichts —

K. Moor. Und wollen es vergessen lernen in diesem heiligen Kleide da —

Amalia. Morgen, hoff ich — Wollen wir weiter gehen, Herr Graf?

K. Moor. So eilig? Wes ist das Bild rechter Hand dort? Mir deucht, es ist eine unglückliche Physiognomie.

Amalia. Dieß Bild linker Hand ist der Sohn des Grafen, der wirkliche Herr.

K. Moor. Der einige Sohn?

Amalia. Kommen sie — kommen sie!

K. Moor. Aber dieß Bild rechter Hand?

Amalia. Sie wollen nicht in den Garten gehn?

K. Moor. Aber dieß Bild rechter Hand? — Du weinst, Amalia?

Amalia. (entfernt sich schnell)

Zweiter Auftritt.

K. Moor. (allein)

Sie liebt mich! Sie liebt mich! Verrätherisch rollten die Thränen von ihren Wangen! Sie liebt mich? — Ist das der Sopha, wo ich an ihrem Halse in Wonne schwamm? Sind das die väterlichen Säle? — Die goldenen Majenjahre der Knabenzeit leben

ben wieder auf in der Seele des Elenden! — Hier
solltest du wandeln, bereinst ein großer — stattli-
cher — gepriesener Mann — hier dein Bubenleben
in Amalia's aufblühenden Kindern zum zweitenmal
leben — hier der Abgott deines Volkes — Nein!
Ich geh in mein Elend zurück. — Lebe wohl, theu-
res Vatershaus! Einst sahst du den Knaben Karl —
und der Knabe Karl war ein glücklicher Knabe —
Jezt sahst du den Mann — und er war in Verzweiflung. (er kehrt schnell nach dem äußersten Ende
der Bühne, wo er plözlich stille steht, mit Wehmuth)
Sie nimmer sehen? — kein Lebewohl mehr — keinen Kuß auf ihren süßen Lippen? Nein! Sehen
muß ich sie noch — umarmen muß ich sie — Es
soll mich zermalmen! — Den Gifttrunk dieser Wollust muß ich noch in mich schlürfen, und dann fort —
so weit mich ein Segel führt, und — Verzweiflung

(er geht ab)

Dritter Auftritt.

Franz von Moor. (in tiefen Gedanken)

Weg mit diesem Bild! — Weg! Feige Memme! Was zagst du? und vor wem? Ist mirs nicht
die wenige Stunden, die dieser Graf in meinen Mauren zubringt, als schlich immer ein Spion der Hölle
meinen Fersen nach? — Ich sollt ihn kennen! Es
ist so etwas großes — oftgesehen:s in seinem wilden

G 3   sonne-

sonneverbrannten Gesicht, daß mich beben macht. (auf und nieder, endlich zieht er die Glocke) Holla! Franz! Sieh dich vor! dahinter steckt irgend ein verderbenträchtiges Ungeheuer!

Vierter Auftritt.

Daniel. (kommt) Voriger.

Daniel. Was steht zu Befehl, mein Gebieter?

Franz. (nachdem er ihn lange bedeutend betrachtet) Nichts! Fort! Fülle einen Becher Wein — aber hurtig. (Daniel ab)

Fünfter Auftritt.

Franz.

Was gilts? dieser beichtet, wenn ich ihn auf die Folter spanne. Ins Auge will ich ihn fassen, so starr, daß sein getroffenes Gewissen mitten durch die Larve erblassen soll. (er steht forschend dem Portrait Karls gegenüber) Sein langer Gänsehals — sein schwarzes, überwachsenes, buschigtes Augenbraun— seine feuerwerfenden Augen! (plötzlich zusammenfah- rend) Schadenfrohe Hölle! Jagst du mir diese Ahn- dung ein? Es ist Karl! —

Sechster Auftritt.

Daniel. (mit Wein)

Franz. Stell ihn hieher — Sieh mir fest ins
Auge! — Wie deine Knie schlottern! — wie du zitterst! Gesteh Alter! was hast du gethan!

Daniel. Nichts, so wahr Gott lebt und meine
arme Seele.

Franz. Trink diesen Wein aus! Was? Du
zauderst? Heraus! Schnell! Was hast du in den
Wein geworfen?

Daniel. Hilf Gott! Was? Ich? in den Wein?

Franz. Gift hast du in den Wein geworfen.
Bist du nicht bleich wie Schnee? Gesteh! gesteh!
Wer hats dir gegeben? Nicht wahr der Graf —
der Graf hat dirs gegeben?

Daniel. Der Graf? Jesus Maria! Der Graf
hat mir nichts gegeben.

Franz. (greift ihn hart an) Ich will dich würgen, daß du blau wirst, eisgrauer Lügner du!
Nichts? — Und was stecket ihr denn so beisammen? Er und Du und Amalia? und was flistert
ihr immer zusammen? Läßt sie nicht so freche Blicke
auf dem Buben herumlaufen, mit denen sie doch gegen
alle Welt sonst so sittsam thut? Sah ichs nicht,
wie sie ein paar diebische Thränen in den Wein fallen
ließ, den er hinter meinem Rücken so hastig in sich

stürzte,

ſtürzte, als wenn er das Glas mit hinein ziehen wollte.
Ja! das ſah ich — durch den Spiegel ſah ichs mit
dieſen meinen Augen.

Daniel. Das weiß der allwiſſende Gott, wenn
ich von all dem eine Sylbe verſtehe.

Franz. Willſt du es läugnen? Willſt du mich
ins Angeſicht Lügen ſtrafen? Was für Kabalen
habt ihr angezettelt, mich aus dem Wege zu räu-
men? Nicht wahr? mich im Schlaf zu erdroſſeln?
Mir beim Bartſcheeren die Gurgel abzuſchneiden?
Mich im Wein oder im Schokolade zu vergiften —
heraus damit! oder mir in der Suppe den ewigen
Schlaf zu geben? Heraus! geſchwind! ich weiß
alles.

Daniel. So helfe mir Gott, wenn ich in Noth
bin, wie ich euch jezt nichts anders ſage, als die reine
lautere Wahrheit.

Franz. Dießmal will ich dir verzeihen. Aber
gelt! Er ſteckte dir gewiß Geld in deinen Beutel?
Er drückte dir die Hand ſtärker, als der Brauch iſt?
So ungefehr, wie man ſie ſeinen alten Bekannten zu
drücken pflegt?

Daniel. Niemal, mein Gebieter!

Franz. Er ſagte dir zum Exempel: daß er dich
etwa ſchon kenne — daß du ihn faſt kennen ſoll,
teſt — daß dir einmal die Decke von den Augen
fallen würde — daß — Was? davon ſoll er dir
niemal geſagt haben?

Daniel

Daniel. Nicht das mindeste.

Franz. Daß er sich rächen wolle — aufs grimmigste rächen wolle?

Daniel. Nicht einen Laut davon.

Franz. Was? Gar nichts? Besinne dich recht — daß er den alten Herrn sehr genau — besonders genau gekannt — daß er ihn liebe — ungemein liebe, wie ein Sohn liebe.

Daniel. Etwas dergleichen erinnere ich mich von ihm gehört zu haben.

Franz. (erschrocken) Hat er? Hat er wirklich? Er sagte, er sey mein Bruder?

Daniel. Nein! das sagte er nicht. Aber wie ihn das Fräulein in der Gallerie herum führte — ich horchte an der Thüre — stand er beim Portrait des Herrn selig plözlich still, wie vom Donner gerührt — Das Fräulein deutete darauf hin, und sagte: „ein fürtreflicher Mann! Ja, ein fürtreflicher Mann„ gab er zur Antwort, indem er sich die Augen wischte.

Franz. Genug. Geh! Lauf! Spring! Hole mir Herrmann. (Daniel ab)

Siebenter Auftritt.

Franz.

Es ist am Tag. Es ist Karl! — Er wird auftreten und fragen: wo ist mein Erbe? — Hab ich darum meine Nächte verpraßt, darum Felsen hin

G 5

weg

weggeräumt, und Abgründe eben gemacht? Bin ich darum gegen alle Instinkte der Menschheit rebellisch worden, daß mir zuletzt dieser unstete Landstreicher durch meinen künstlichen Wirbel tölple? Sachte! nur sachte! Es ist nur noch Spielarbeit übrig — so eine Art von Mord — der ist ein Stümper, der sein Werk nur auf die Hälfte bringt, und dann weggeht, und müßig zugaft, wie es weiter damit werden wird.

Achter Auftritt.

Herrmann. (kommt)

Ha! willkommen mein Eurypalus! meiner Künste rüstiges Werkzeug!

Herrmann. (kurz und störrig) Ihr ließet mich holen, Graf!

Franz. Daß du das Siegel drückest auf dein Meisterstück —

Herrmann. (in den Bart) Wirklich?

Franz. Den letzten Pinselstrich an's Gemälde.

Herrmann. Potz!

Franz. (stutzt) Soll ich etwa den Wagen vorfahren lassen? Wollen wir's auf der Spazierfahrt ins Reine bringen?

Herrmann. (trotzig) Ohne Umstände, wenn's euch gefällig ist. — Zu dem, was wir heute miteinander

anber

ander ins Reine bringen werden, mag wohl dieser
Quadratſchuh Raumes hinreichen. — Allenfalls
könnt ich ein paar Worte vorausſchicken, eurer Lun-
ge für die Zukunft zu ſchonen.

Franz. (zurückgezogen) Hm! — und was wär
dieſes?

Herrmann. (hämiſch) „Du ſollſt Amalien haben — haben von meiner Hand —

Franz. (erſtaunt) Herrmann!

Herrmann. (wie oben, immer den Rücken gegen
Franz gekehrt) Amalia iſt ein Spiel meines Willens — da kannſt du leicht denken — kurz! alles
geht nach Wunſch — (bricht in ein wütendes Lachen
aus — darauf trotzig zu Franz) Was habt ihr mir
zu ſagen, Graf Moor?

Franz. (ausweichend) Nichts Dir — ich ſchickte
nach Herrmann.

Herrmann. Ohne Seitenſprung! — Warum
ward ich hieher geſprengt? — Wieder der Narr
zu ſeyn, wie vor dem, und dem Diebe beym Ein-
brechen die Leiter zu halten? Mich zu eurem Bären-
häuter zu verdingen um einen Schilling? Oder war
es nicht ſo?

Franz. (beſonnen) Ja recht! — daß wir die
Hauptſache nicht verplaudern — Mein Kamerdiener
wird dir ſchon geſteckt haben — Ich wollte dich
nur über die Ausſteuer hören.

Herrmann.

Herrmann. Ich glaube, ihr foppt mich — oder schlimmer — schlimmer, sage ich, wenn's nicht ge= foppt ist. Moor! nehmt euch in Acht — macht mich nicht rasend, Moor. Wir sind allein; hab ich doch ohnehin noch einen ehrlichen Namen mit euch wett zu spielen. Trauet dem Teufel nicht, den ihr selbst warbet.

Franz. (mit Ehre) Gilt diese Begegnuß dei= nem gnädigen gebietenden Herrn? — Zittre, Sklave!

Herrmann. (mit Spott) Doch wohl nicht gar vor Eurer Ungnade? — Eure Ungnade dem, der mit sich selbst grollt! Pfui Moor! Schon verab= scheu' ich den Schurken in euch, macht nicht, daß ich auch noch den Gecken belache. Ich kann Gräber sprengen, und Tode auferstehen heißen — Wer ist nun Sklave?

Franz. (sehr geschmeidig) Freund! sey vernünf= tig und nicht treulos.

Herrmann. Schweigt. Hier ist Fluch die beste Vernunft, und Aberwitz hieß hier die Treue. Treue! wem? Treue dem ewigen Lügner? — O meine Zähne werden klappern um diese Treue, wenn eine kleine Dosis von Untreue damals mich zum Heilgen gemacht hätte — Doch! Geduld! Geduld! Die Rache ist pfiffig.

Franz. Ah gut! recht gut! daß ich mich erinnere. Du hast neulich einen Beutel mit hundert Louis in

diesem

diesem Zimmer verlohren. Fast wäre das vergessen
worden. Nimm zurück, Kamerad, was dein ist.
(dringt ihm einen Beutel auf)

Herrmann. (wirft ihm solchen verächtlich vor die
Füße) Den Fluch über die Ischariots-Münze! Es
ist das Handgeld der Hölle — Schon einmal dachtet
ihr, meine Armuth zur Kupplerin meines Herzens zu
machen — aber gefehlt, Graf! unendlich gefehlt —
Jener Beutel voll Gold kommt mir treflich zu stat-
ten — gewisse Leute zu verkösten. ·

Franz. (erschrocken) Herrmann! Herrmann!
laß mich gewisse Dinge nicht träumen von dir —
wenn du mehr thätest, als du solltest — Du wärst
entsetzlich, Herrmann!

Herrmann. (frohlockend) Wär ich? Wär ich
wirklich? Nun dann, zur Nachricht, Graf! (bedeutend) Ich mäste eure Schande, und füttere euer Gericht. Einst will ich's auch auftischen zum Schmauß,
und die Völker der Erde zur Tafel laden. (höhnisch)
Ihr versteht mich doch, mein souverainer, gnädiger,
gebietender Herr?

Franz. (springt auf auffer Fassung) Ha! Teufel, falscher Spieler! (die Faust wider die Stirn)
Und mein Glück zu knüpfen an die Launen eines
Schwindelkopfs! — das war dumm! (wirft sich
sprachlos in einen Sessel)

Herrmann. (pfeift durch die Finger) Fy! des
verschmizten Künstlers! —

Franz.

Franz. (beiſſend) So iſt es doch wahr, und abermal wahr! Kein Faden iſt ſo fein geſponnen unter der Sonne, der ſo ſchnell riſſe, als die Bande des Bubenſtücks! —

Herrmann. Sachte! ſachte! Sind denn die Engel aus der Art geſchlagen, daß die Teufel anfangen zu moraliſiren?

Franz. (ſteht ſchnell auf, zu Herrmann mit hämiſchen Lächeln) Und bei dieſer Entdeckung werden gewiſſe Leute wohl auch viel Ehre aufheben?

Herrmann. (klatſcht in die Hände) Meiſterlich! Unvergleichlich! Ihr ſpielt eure Rolle zum Küſſen! Erſt den leichtgläubigen Thoren in den Sumpf gezogen, und darauf fein das hämiſche Weh über dir, Sünder! — (mit Lächeln und Zähnknirſchen) O wie fein die Beelzebub raffiniren! — Doch, Graf! (indem er ihn auf die Achſel klopft) Ausgelernt haben wir noch nicht — bei Gott! du mußt erſt hören, was der Verlierer wagt. — Feuer ins Pulvermagazin, ſagt der Kaper, und hinauf in die Luft — Freund und Feind!

Franz. (geht ſchnell nach der Wand, und greift nach einer Piſtole) Hier iſt Verrätherei, Entſchloſſenheit —

Herrmann. (zieht eben ſo ſchnell eine Terzerole aus der Taſche, und ſchlägt an) Gebt euch keine Müh. Auf den Fall verſieht man ſich bei euch.

Franz.

Franz. (läßt die Pistole fallen, und wirft sich finn-
los in den Sessel) Doch nur so lang reiner Mund,
bis ich — mich näher bedacht habe!

Herrmann. Bis ihr ein Duzend Meuter gedun-
gen, mir die Zunge zu lähmen auf lange? Nicht
wahr? Aber (ihm ins Ohr) Das Geheimniß liegt im
Papiere, und meine Erben brechen es auf.

(er geht ab)

Neunter Auftritt.

Franz. (aufgestanden)

Franz! Franz! was war das? Wo blieb dein
Muth, dein sonst so fertiger Witz? — Weh! Weh!
auch meine Kreaturen verrathen mich. Die Pfei-
ler meines Glücks fangen an mürbe zu werden, und
hereinbricht wüthend der Feind. — Wohl! es gilt
einen raschen Entschluß! — Wie? wenn ich selbst
hingienge — ihm den Degen in den Leib bohrte
hinterrücks? . . . Ein verwundeter Mann ist ein
Knabe. — Frisch! Ich wills wagen (er geht starken
Schritts nach dem Ende der Bühne, bleibt aber plötzlich in schreckhafter Erschlaffung stehen) . . . . Wer
schleicht hinter mir? (die Augen gräßlich rollend) . .
Gesichter, wie ich noch keine sah — schneidende Triller — Muth hab ich gewiß, — Muth, wie einer —
Wenn mich ein Spiegel verriethe? Oder mein Schatten? Oder der Wind meiner mörderischen Bewegung?

gung? — Huh! huh! — Schrecken greiselt in meinen Locken — Durch meine Knochen Zermalmung
(er läßt den Dolch aus dem Kleide fallen) Feig bin
ich nicht — allzuweichherzig bin ich — Ja! so ist
es! — Es sind die Zuckungen der sterbenden Tugend — Ich bewundre sie — Ein Ungeheuer müßt
ich seyn, wollt ich die Hand legen an meinen leiblichen
Bruder — Nein! nein! nein! das sey ferne! —
Diese Reliquien der Menschheit in mir will ich in
Ehren halten — Ich will nicht tödten — Du hast
gesiegt, Natur — auch ich fühle noch etwas, das
der Liebe gleicht — Er lebe!   (ab)

Zehnter Auftritt.

Ein Garten.

(vorn eine Laube, zu der verschiedene Bogengänge
führen)

Amalia (allein)

Du weinst, Amalia? — — Und das sprach er
mit einem Ausdruck — einem Ausdruck — Mir
wars, als ob die Zeit sich verjüngte — die gold-
nen Frühlinge der Liebe blüheten auf in den Worten — die Nachtigall schlug wie damals, die Blu-
men dufteten wie damals, und ich lag wonnetrun-
ken an seinem Halse. — Gewiß! wenn die Geister
der Abgeschiedenen unter den Lebenden wandeln, so

ist

ift biefer Fremdling Karls Engel! — Siehft du, falsches treulojes Herz, wie schlau du deinen Meineid beschönigft? — Nein! nein! Weg aus meiner Seele, du Frevelbild! Hinweg ihr verrätherischen gottlosen Wünsche! — Im Herzen, wo Karl begraben liegt, soll kein Erdensohn nisten. — Doch! doch! Warum meine Gedanken so ewig, so allmächtig nach diesem Unbekannten? Verwachsen in das Bild meines Einzigen? Zerschmolzen — untergegangen in das Bild meines Einzigen? Du weinst, Amalia? — — Ha! flieh! flieh! Morgen bin ich eine Heilige! (sie steht auf) Heilige? Armes Herz! welch ein Wort war das? Einst in mein Ohr flötend so süß — Jezt! jezt! Du haft geheuchelt, mein Herz! Ueberredeteft mich: Ueberwindung wärs! Lügnerisches Herz! Es war Verzweiflung.

(sie sezt sich auf das Kanapee, und verhüllt sich das Gesicht)

Eilfter Auftritt.

Herrmann. (kommt durch einen Bogengang)

Herrmann. (vor sich) Der Anfang ist gemacht — Nun mag der Sturm weiter wüthen, und sollt er mir auch bis an die Gurgel schwellen. (laut) Fräulein Amalia! Fräulein Amalia!

Amalia. (schrickt zusammen) Ein Auflauscher! was suchst du hier?

H   Herrmann.

Herrman. Bringe Zeitungen, spaßhaft, lustig und fürchterlich. Seyd ihr aufgelegt Beleidigungen zu vergeben, so sollt ihr Wunderdinge hören.

Amalia. Für Beleidigungen hab ich kein Gedächtniß; mit Neuigkeiten verschone!

Herrmann. Beweint ihr nicht einen Geliebten?

Amalia. (mißt ihn mit einem großen Blick) Kind des Unglücks! Was berechtiget dich zu der Frage?

Herrmann. (düster vor sich nieder) Haß und Liebe.

Amalia. (bitter) Liebt denn unter diesem Himmelsstrich jemand?

Herrmann. (wild umschauend) Bis zum Schelmenstück! — — — Starb euch nicht kürzlich ein Oheim?

Amalia. (zärtlich) Ein Vater seiner Tochter!

Herrmann. Sie leben.

(er stürzt hinaus)

Zwölfter Auftritt.

Räuber Moor. (durch den Bogengang)

Amalia. (die wie versteinert gestanden, fährt halb rasend auf) Karl lebt! (sie will ihm nachstürzen, und stößt — auf den Räuber)

R Moor. Wohin so stürmisch, mein Fräulein?

Amalia. (prallt bebend zurück) Krach unter mir, Erde! — Dieser!

R.

R. Moor. Ich kam, um Abschied zu nehmen. Doch! — Himmel! — Auf welcher Wallung muß ich Ihnen begegnen?

Amalia. Gehen Sie, Graf — Bleiben Sie — O mir Glücklichen, wären Sie nur jezt nicht gekommen! — Wären Sie nie gekommen!

R. Moor. Glücklich wären Sie dann gewesen? — Leben Sie wohl!

(dreht sich plötzlich um zu gehn)

Amalia. (hält ihn auf) Um Gotteswillen! Bleiben Sie. — Das war nicht meine Meinung. (die Hände ringend) Gott! und warum war sie das nicht? — Graf! was that Ihnen das Mädchen, das Sie zur Verbrecherin machen? Was that Ihnen die Liebe, die Sie zerstören?

R. Moor. Sie ermorden mich, Fräulein!

Amalia. Mein Herz war so rein, eh meine Augen Sie sahen. — O daß sie verblindeten, diese Augen, die mein Herz verunreinet haben!

R. Moor. Mir — mir diesen Fluch, mein Engel! Ihre Augen sind unschuldig, wie Ihr Herz —

Amalia. Ganz seine Blicke! — Graf! ich bitte Sie — kehren Sie diese Blicke von mir, die mein Innerstes empören. Ihn — ihn selbst heuchelt sie mir in diesen Blicken vor, Phantasie die Verrätherin. — Gehen Sie, kommen Sie in Krokodillgestalt wieder, und mir ist besser.

R.

R. Moor. (mit dem vollen Blick der Liebe) Du
lügst, Mädchen!

Amalia. (zärtlicher) Und solltest du falsch seyn,
Graf? Solltest du kurzweilen mit meinem schwachen
weiblichen Herzen? — Doch! wie kann Falschheit
in einem Auge wohnen, das seinen Augen aus dem
Spiegel gleicht — Ach! und erwünscht, wenn es so
wäre! Glücklich! wenn ich dich hassen müßte! —
Weh mir! wenn ich dich nicht lieben könnte.

R. Moor. (preßt ihre Hand wüthend an den
Mund.)

Amalia. Deine Küsse brennen wie Feuer.

R. Moor. Meine Seele brennt in Ihnen.

Amalia. Geh — noch ist es Zeit! — Noch!
Stark ist die Seele des Mannes — Leuchte mir
vor mit deinem Muthe; Mann mit der starken
Seele.

R. Moor. Dein Zittern entnervt den Starken.
Ich wurzle hier, (sein Gesicht an ihren Busen verber-
gend.) Und hier will ich sterben.

Amalia. (sehr zerstört) Weg — Laß mich —
was hast du gemacht, Mann? — Weg mit deinen
Lippen — (sie kämpft ohnmächtig gegen seine Bestür-
mung) Gottloses Feuer schleicht in meinen Adern —
(zärtlich und unter Thränen) Und mußtest du kommen aus fernen Landen eine Liebe zu stürzen, die dem
Tode trozte? (sie drückt ihn fester an die Brust) Gott
vergebe dirs, Jüngling!

R.

R. Moor. (an ihrem Hals gefeſſelt) Wenn das
die Trennung der Seele vom Körper iſt, ſo iſt Sterben das Meiſterſtück des Lebens. — —

Amalia. (mit Wehmuth und ſchwärmend) Hier,
wo du jezt ſtehſt, ſtand er tauſendmal, und neben
ihm die, die neben ihm Himmel und Erde ver-
gaß. — Hier durchhüpfte ſein Aug' die um ihn
prangende Natur; Er ſchien den großen belohnenden
Blick zu empfinden; und ſie ſich unter dem Wohlgefallen
ihres Fürſten zu verſchönern — Hier hielt er mit
himmliſcher Muſik die Nachtigallen gefangen — hier
an dieſem Buſch pflückte er Roſen, und pflückte
die Roſen für mich — hier, hier lag er an meinem
Halſe, brannte ſein Mund auf dem meinen —
(R. Moor ſeiner nicht mehr mächtig, berührt ihren
Mund, und ihre Küſſe begegnen ſich. Moor hängt
ſtürmiſch an ihren Lippen, ſie ſinkt halb ohnmächtig
auf das Kanapee) Strafe mich, Karl! mein Eid
iſt gebrochen!

R. Moor. (tritt halb wahnwitzig von ihr hinweg)
Irgend eine Hölle muß auf mich lauren! Ich bin
ſo glücklich! (ſtarrt ſie an)

Amalia. (hat ihren Ring erblickt, und fährt ungeſtümm auf vom Kanapee) Was? Du noch am
Finger der Verbrecherin! Sollteſt du Zeuge ſeyn,
wie Amalia ihrer Eide ſpottet? — Herab mit dir!
(ſie reißt den Ring vom Finger, und giebt ihn dem
Räuber) Nimm ihn — nimm ihn, geliebter Ver-

füh-

führer — und mit ihm mein Heiligstes, mein
Alles — meinen Karl!

(sie stürzt in den Sopha zurück)

K. Moor. (erblaßt) Du dort oben! war das
deine Meinung? — Das ist eben der Ring, den
ich ihr selber gab, zum Zeichen des Bundes —
Fahr in die Hölle, Liebe! Ich hab meinen Ring
wieder!

Amalia. (erschrecken) Gott! was ist dir? —
Wild rollen deine Augen — Bleich wie Schnee deine
Lippen! — Weh mir! Rauscht sie so schnell dahin,
die Wonne des Verbrechens!

K. Moor. (mit Ueberwindung) Nichts! nichts! —
(starr in die Höhe) Noch bin ich ein Mann! —
(er zieht seinen Ring herab, und steckt ihn Amalien
an den Finger) Nimm auch diesen — diesen, süße
Furie meines Herzens — und mit ihm mein Heiligstes, mein Alles — meine Amalia!

Amalia. (aufgesprungen) Deine Amalia?

K. Moor. (mit Wehmuth) O! sie war ein so
liebes Mädchen, und treu, wie ein Engel. Einen
Demant gab sie mir beym Abschied — einen Bril-
lantring ließ ich ihr zurück zum Zeugen des Bundes. Sie hörte, ich sey gestorben, und blieb treu
dem Gestorbenen. Sie hörte wieder, ich lebe, und
wird treulos dem Lebendigen. Ich fliege in ihre
Arme — Meine Wollust war wie der Unsterbli-
chen — Fühle den Donnerschlag, der mein Herz
traf

traf, Amalia! Meinen Brillanten giebt ſie mir wieder. Ich — gab ihr den Demant.

Amalia. (ſtarrt verwundernd in den Boden)
Seltſam! Fürchterlich ſeltſam!

R. Moor. Wohl fürchterlich und ſeltſam!
Gutes Kind, viel — ſehr viel hat der Menſch
noch zu lernen, eh er das Weſen über ihm aus-
lernt, das ſeiner Elbe lacht, und weint über ſeine Plane — Meine Amalia iſt ein unglückliches
Mädchen!

Amalia. Unglücklich — weil ſie dich von ſich
ſtieß.

R. Moor. Unglücklich — weil ſie mich zwiefach umarmet.

Amalia. (mit ſanftem Schmerz) O! dann gewiß unglücklich! Das liebe Mädchen! Sie ſey
meine Schweſter! — Aber noch giebt es eine
beſſere Welt. —

R. Moor. Wo die Schleier fallen, und die
Liebe mit Entſetzen zurückprallt. — Ewigkeit heißt
ihr Name — Meine Amalia iſt ein unglückliches
Mädchen!

Amalia. (etwas leichtfertig) Sind es alle, die
dich lieben, und Amalia heißen?

R. Moor. Alle — wenn ſie wähnen, einen Engel zu umhalſen, und — einen Todſchläger in den
Armen finden. — Meine Amalia iſt ein unglückliches Mädchen!

Amalia.

Amalia. (im Ausbruch der schmerzlichsten Empfin-
dung) Ich beweine sie!

K. Moor. (nimmt ihre Hand, und hält ihr den
Ring vor die Augen) Weine über dich selber!
(er stürzt hinaus)

Amalia. (hat den Ring erkannt) Karl! Karl!
O Himmel und Erde! (sinkt nieder)

Dreizehnter Auftritt.

Wald; Mond; Nacht.

(ein altes verfallenes Raubschloß vorn auf der Bühne)

Die Räuberbande. (gelagert auf dem Boden)
Spiegelberg. Razmann. (kommen in ein
Gespräch.)

Razmann. Es wird Nacht — Und der Hauptmann noch nicht da?

Spiegelberg. Ein Wort im Vertrauen, Raz-
mann — Hauptmann sagst du? Wer hat ihn zum
Hauptmann über uns gesetzt? oder hat er nicht diesen
Titel usurpirt, der von Rechtswegen mein ist? —
Wie? setzen wir darum unser Leben auf den Sprung
eines Würfels? Baden wir darum alle Milzsuchten
des Schicksals aus, daß wir am Ende noch von Glück
sagen, die Leibeigenen eines Sklaven zu seyn? —
Leibeigne, da wir Fürsten seyn könnten! — Bei
Gott, Razmann! das hat mir niemals gefallen.

Razmann.

Razmann. Beim Donner! Mir auch nicht — aber was machen?

Spiegelberg. Fragst du mich das, und bist doch der Spizbuben einer? — Razmann, wenn du bist, wofür ich dich immer hielte — Razmann — man vermißt ihn — giebt ihn halb verlohren — Razmann — mich deucht, seine schwarze Stunde schlägt. Wie? Nicht in die Luft springst du, da dir die Glocke zur Freiheit läutet? Hast nicht einmal so viel Muth, einen kühnen Wink zu verstehen?

Razmann. Ha! Satan! worinn verstrickst du meine Seele?

Spiegelberg. Hats gefangen? — Gut! so folge! Ich hab mirs gemerkt, wohin er geschlichen ist. Komm! Zwei Pistolen fehlen selten, und dann —

Schweizer. (der in die Höhe springt) Ha! Bestie! Eben recht erinnerst du mich an die böhmischen Wälder! — Warst du nicht die Memme, die anhob zu schnadern, als sie riefen: der Feind kommt? — Ich habe damals bei meiner Seele geflucht — Fahr hin, Meuchelmörder!

(sie ziehen ihre Degen, und kommen ins Handgemeng)

Räuber. (in Bewegung) Mordjo! Mordjo! — Schweizer — Spiegelberg — Reißt sie auseinander.

Schweizer.

Schweizer. (der ihn erstochen hat) Da! — Und so krepier du! — Friede Kameraden. — Laßt euch die Hasenjagd nicht aufwecken — Die Bestie ist dem Hauptmann immer giftig gewesen, und hat keine Narbe auf ihrer ganzen Haut. — Ha! über den Racker! von hinten her will er Männer zu Schanden schmeißen? Männer von hinten her! — Ist uns darum der helle Schweiß über die Backen gelaufen, daß wir aus der Welt schleichen wie Schurken? Bestie du, haben wir uns darum unter Feuer und Rauch gebettet, daß wir zuletzt wie Ratten verrecken?

Grimm. Aber zum Teufel? Der Hauptmann wird rasend werden.

Schweizer. Dafür laß mich sorgen. — Der Schufterle hats auch so gemacht, aber dafür hängt er jezt auch in der Schweiz, wie's ihm mein Herr prophezeiht hat.   (man hört schießen)

Grimm. (aufspringend) Horch! ein Pistolschuß! (man schießt zum zweitenmal) Noch einer! Holla! der Hauptmann!

Rossnsky. Nur Gedult! Er muß zum drittenmal schießen.   (man hört noch einen Schuß)

Grimm. Er ists! Ists! Salvir dich, Schweizer! Laßt uns ihm antworten.

          (sie blasen in die Hörner)

Vier=

Vierzehnter Auftritt.

K. Moor. (tritt auf) Vorige.

Schweizer. (ihm entgegen) Sey willkommen, mein Hauptmann! — Ich bin ein Bischen vorlaut gewesen, seit du weg bist. (er führt ihn an die Leiche) Sey du Richter zwischen mir, und diesem. — Von hinten hat er dich ermorden wollen.

K. Moor. (in dem Anblick verlohren, bricht heftig aus) O unbegreiflicher Finger der rachekundigen Nemesis! Wars nicht dieser, der mir das Sirenenlied trillerte — Weihe dieß Schwerd der dunklen Vergelterin — Das hast Du nicht gethan, Schweizer.

Schweizer. Bei Gott! ich habs wahrlich gethan, und es ist beim Teufel nicht das schlechteste, was ich in meinem Leben gethan habe. (wirft den Degen über ihn, und geht unwillig ab)

K. Moor. (nachdenkend) Ich verstehe — Lenker im Himmel! — Ich verstehe — die Blätter fallen vom Stamme — Mein Herbst ist kommen — Schaft mir diesen aus den Augen. (Spiegelbergs Leiche wird hinweg getragen)

Grimm. Gieb uns Ordre, Hauptmann! was sollen wir weiter thun?

K. Moor. Bald — bald ist alles erfüllt. Ich hab mich selbst verlohren, seit ich dort war —

Nehmt

Nehmt eure Hörner, und spielt — Ich muß mich zurückwiegen in die Tage meiner Kraft. — Spielt!

Kosinsky. Es ist Mitternacht, Hauptmann. Wie Blei liegt der Schlaf in uns — seit drei Tagen kein Auge zu.

R. Moor. Sinkt denn der balsamische Schlaf auch auf die Augen der Schelmen? Warum fliehet er mich? — Ich bin nie ein Feiger gewesen, oder ein schlechter Kerl. — Spielt, befehl ich! — Musik muß ich hören, daß mein schlafender Genius wieder aufwache. (sie spielen einen Marsch)

R. Moor. (der während der Musik tief in sich gekehrt auf und nieder gegangen, unterbricht sie schnell) Hinweg! Gute Nacht! Morgen höret ihr weiter.

Räuber. (legen sich auf die Erde) Gute Nacht, Hauptmann! (sie schlafen ein)

Fünfzehnter Auftritt.

R Moor. (allein wach)

(Tiefe Stille)

Eine lange — lange gute Nacht; kein Morgen wird sie mehr röthen! — — — Glaubt ihr, ich werde zittern? Geister meiner Erwürgten! Ich werde nicht zittern. — Euer banges Sterbegewinsel, euer schwarz gewürgtes Gesicht, eure fürchterlich klaffenden Wunden sind ja nur Glieder einer

unzer=

unzerbrechlichen Kette des Schicksals, und häkgen
zulezt an meinen Feuerabenden, an den Launen
meiner Ammen und Hofmeister, am Temperament
meines Vaters, am Blut meiner Mutter. —
Warum hat kein Perillus einen Ochsen aus mir
gemacht, daß die Menschheit in meinem glühenden
Bauche brate? (er setzt die Pistole an) Zeit und
Ewigkeit! — über diesem Rohr sich umarmend! —
Grauser Schlüssel! der das Gefängniß des Lebens
hinter mir schließt, und vor mir aufriegelt die Be-
hausung der ewigen Freiheit. — Sage mir, o
sage mir! — Wohin? Wohin wirst du mich führen? Fremdes, nie umsegeltes Land! — Siehe,
die Menschheit erschlappt unter diesem Bilde — die
Spannkraft des Endlichen läßt nach, und die Phantasie, der muthwillige Affe der Sinne, gaukelt unserem Kleinmuth seltsame Schatten vor. — Nein,
Nein! ein Mann muß nicht straucheln. — Sey,
wie du willst, namenloses Jenseits! — Bleibt mir
nur dieses mein Selbst getreu. — Sey, wie du willst,
wenn ich nur mich selbst mit hinüber nehme. —
Außendinge sind nur die Farbe des Geistes — Ich
selbst bin mein Himmel und meine Hölle! (den
Blick starr hinaus geheftet) Wenn du mir irgend
einen eingeäscherten Weltkreis allein ließet, den du
aus deinen Augen verbannt hast, wo die einsame
Nacht, und die ewige Wüste meine Aussichten
sind? — — Ich würde dann das schweigende

Leere

Leere mit meinen Träumen bevölkern, und hätte die Ewigkeit zur Muße, das verworrene Bild des allgemeinen Elends zu zergliedern. — — — Oder willst du mich durch immer neue Gebarten, und immer neue Schauplätze des Elends von Stuffe zu Stuffe — zur Vernichtung? — führen? Kann ich nicht die Lebensfäden, die mir jenseits gesponnen sind, so leicht zerrreißen, wie diesen — Du kannst mich zu Nichts machen — Diese Freiheit kannst du mir nicht nehmen. (er ladt die Pistolen. Plözlich hält er ein) Und soll ich für Furcht eines quaalvollen Lebens sterben? Soll ich dem Elend den Sieg über mich einräumen? — Nein! ich wills dulden! (er wirft die Pistole weg) Die Quaal erlahme an meinem Stolz! Ich wills vollenden! (immer finsterer; es schlägt zwölf Uhr)

Sechszehnter Auftritt.

Herrmann. (kommt durch den Wald. Hernach die Stimme des alten Moors im Thurm)

Herrmann. Horch, Horch! grausig heulet der Kauz! — Zwölf schlägts drüben im Dorf — Wohl! Wohl! alles liegt schlafen — nur das böse Gewissen wacht, und — die Rache — (er tritt an dem Thurm, und pocht) Komm herauf, Jammermann — Thurmbewohner! Deine Mahlzeit ist bereitet.

R.

R. Moor. (tritt bebend zurück) Was soll das bedeuten?

Eine Stimme. (aus dem Thurm) Wer pocht da? He? Bist du's, Herrmann mein Rabe?

Herrmann. Bins, Herrmann dein Rabe. Steig. herauf ans Gitter, und iß. — Fürchterlich trillern deine Schlafkameraden. Alter — — dir schmeckts?

Die Stimme. Hungerte mich sehr. Habe Dank, Rabensender fürs Brod in der Wüste! — Und wie gehts meinem lieben Kind, Herrmann?

Herrmann. Stille! — Horch! — Geräusch, wie von Schnarchenden — Hörst du nichts?

Stimme. Wie? Hörst du etwas?

Herrmann. Den Wind pfeifen durch die Rizen des Thurmes. — Eine Nachtmusik, davon einem die Zähne klappern, und die Nägel blau werden. — Horch! Noch einmal! — Immer ist mir, als hört ich ein Schnarchen. Du hast Gesellschaft, Alter — Hu! hu! he!]

Stimme. Siehst du etwas?

Herrmann. Leb wohl! Leb wohl! Grausig ist die Wüste. — Steig hinunter ins Loch) — Nahe dein Retter! dein Rächer — (er will fliehen)

R. Moor. (tritt mit Entsezen hervor) Steh!

Herrmann. (Steht still) Wer da?

R. Moor. Steh! Rede! Wer bist du? Was hast du hier zu thun? Rede!

Herr=

Herrmann. (kommt vorwärts) Gewiß! seinerAuf-
laurer einer! Ich fürchte nichts mehr. (zieht denDegen)
Wehre dich, Schurke! du haſt deinen Mann vor dir.

K. Moor. (ſchlägt ihm den Degen weit weg)
Antwort will ich. Wofür das bübiſche Degen-
ſpiel? — Von **Rache** ſprachſt du? — **Rache** kömmt
mir zu — unter dieſem Monde! Wer will mir ins
Handwerk greifen?

Herrmann. (bebt erſchrocken zurück) Bei Gott!
den gebahr das Weib nicht! Sein Betaſten entnervt wie der Tod.

Die Stimme. (im Thurm) Weh! Weh! biſt
du's, Herrmann, der da redet? Mit wem redeſt du,
Herrmann?

K. Moor. Drunten noch jemand? was geht hier
vor? — (läuft dem Thurme zu) Irgend ein Ungeheuer von Geheimniß liegt in dieſem Thurme ver-
larvt. — Mit dem Degen will ichs entlarven.

Herrmann. (kommt ſchüchtern näher) Furcht-
barer Fremdling! Biſt du vielleicht der ſataniſche
Poltergeiſt dieſer Wüſte? — oder biſt du der Sbir-
ren der dunklen Vergeltung einer, die durch die Un-
terwelt patrouliren gehen, und die Geburten der
Mitternacht muſtern — O! wenn du der biſt, ſo
ſey willkommen an dieſem Thurme!

K. Moor. Errathen! Nachtwanderer. Würgengel iſt mein Name. Fleiſch und Blut hab ich, wie
du? Iſts ein Gefangener, den die Menſchen abſchüt-
teln

telten? Ich will seine Ketten lösen. Stimme! noch einmal! Wo ist die Thüre?

Herrmann. Eben so leicht sprengt Beelzebub die Thore des Himmels, als du diese — Geh heim, Starker! der Witz der Lotterbuben geht über die Sinnen der Männer. (schlägt mit dem Degen an den Thurm)

K. Moor. Aber nicht über den Witz der Diebe! (er zieht Hauptschlüssel heraus) Ich danke dir, Gott, daß du mich stelltest an die Spitze der Beutelschneider! — Diese Schlüssel verlachen die Fürsicht der Hölle — (er nimmt einen Schlüssel, und öffnet den Thurm. Aus dem Grund steigt ein Alter, ausgemergelt wie ein Gerippe. Moor springt erschrocken zurück) Entsetzliches Blendwerk! Mein Vater!

Siebenzehnter Auftritt.

Der alte Moor. Vorige.

Der alte Moor. Habe Dank, o Gott! Erschienen ist die Stunde der Erlösung.

K. Moor. Geist des alten Moors! Was hat dich beunruhigt in deinem Grabe? Hast du eine Sünde in jene Welt geschleppt, die dir den Eingang in die Pforten des Paradieses verrammelt? Ich will beten, ich will Messen lesen lassen, den irrenden Geist in seine Heimath zu senden. Hast du das Gold der Wittwen und Waisen unter die Erde gegraben,

J   das

das dich zu dieser mitternächtlichen Stunde heulend herumtreibt? Ich will den unterirdischen Schatz aus den Klauen des Zauberhundes reissen, und wenn er tausend rothe Flammen auf mich speit, und seine spitzen Zähne gegen meinen Degen bleckt. Oder kommst du, auf meine Frage, die Räthsel der Ewigkeit zu entfalten? Rede! Rede! Ich bin der Mann der bleichen Furcht nicht.

Der alte Moor. Ich bin kein Geist. Taste mich an. Ich lebe. O ein elendes erbärmliches Leben!

R. Moor. Was? Du bist nicht begraben worden?

Der alte Moor. Ich bin begraben worden. Das heißt: Ein todter Hund liegt in meiner Väter Gruft — Und ich — drei volle Monde schmacht ich schon in diesem finstern Thurme, von keinem Strale beschienen, von keinem warmen Lüftchen angeweht, wo wilde Raben krächzen, und mitternächtliche Uhue heulen.

R. Moor. Himmel und Erde! Wer hat das gethan?

Herrmann. (mit grimmiger Freude) Ein Sohn!

Der alte Moor. Verfluch ihn nicht!

R. Moor. Ein Sohn? (wüthend gegen Herrmann stürzend) Schlangenzüngiger Lügner! Ein Sohn? Sprich das: Sohn nochmal, und ich bohre zehn Schwerdter in deine lästernde Gurgel! Ein Sohn?

Herr-

Herrmann. Und wenn die Hölle dabei bankerot würde! sein Sohn, sag ich!

R. Moor. (erstarrt wie eine Statue) O ewiges Chaos!

Der alte Moor. Wenn du ein Mensch bist, und ein menschliches Herz hast — Erlöser! den ich nicht kenne, o! so höre den Jammer eines Vaters, den ihm seine Söhne bereitet haben. — Drei Monde schon hab ich's tauben Felsenwänden zugewinselt; aber ein hohler Wiederhall äfte meine Klagen nur nach. — Darum, wenn du ein Mensch bist, und ein menschliches Herz hast. —

R. Moor. Diese Beschwörung könnte die Wölfe auffordern.

Der alte Moor. Ich lag eben auf dem Siegebette, hatte kaum einige Kräfte nach einer harten Krankheit gesammelt, so brachte man einen Mann zu mir, der meldete, mein Erstgebohrner sey gefallen in der Schlacht, und sein leztes Lebewohl, und daß ihn mein Fluch gejagt hätte in Kampf, und Tod, und Verzweiflung.

Herrmann. Gelogen! Garstig gelogen! Dieser Schurke war Ich selbst — erkauft von ihm mit Gold und Versprechungen, euch das Nachsuchen zu legen, und den Garaus zu machen durch die Trauerpost.

Der alte Moor. Du? du? O Himmel! Und es war abgekartet — und ich war betrogen?

K. Moor. (tritt außer sich) auf die Seite) Hörst du's, Moor? Hörst du's? Es fängt an zu tagen! Fürchterlich! Fürchterlich!

Herrmann. Trettet mich breit wie eine Natter! Ich war sein Helfershelfer; unterdrückte die Briefe eures Karls; verfälschte die eurigen, und unterschob andere feindseligen Inhalts. So hintergieng man euch — so zwackte man ihn aus eurem Testament und Herzen.

K. Moor. (in der entsetzlichsten Bedrägniß) Und darum Räuber und Mörder! (die Faust wider Brust und Stirne) O ich blöder, blöder, blöder Thor! — Spitzbübische Künste! Und d' rum Mordbrenner und Mörder! (halb rasend auf und nieder)

Der alte Moor. (mit gemildertem Zorn) Franz! Franz! — doch ich will nicht fluchen! — Und daß ich nichts sah, nichts merkte! Weh über den blinden Verzärtler!

K. Moor. (plötzlich stillstehend) Und im Thurme der Vater? (den Schmerz in sich pressend) Ich habe hier nicht zu zürnen. (zum alten Moor mit erzwungner Ruhe) Redet weiter.

Der alte Moor. Ich ward ohnmächtig, bei der Botschaft. Man muß mich für todt gehalten haben, denn als ich wieder zu mir selber kam, lag ich schon in der Bahre, und ins Leichentuch gewickelt wie ein Todter. Ich kratzte an dem Deckel

der

der Bahre. Er ward aufgethan. Es war finstere Nacht, mein Sohn Franz stund vor mir. — Was? rief er mit entsezlicher Stimme, willst du denn ewig leben? — und gleich flog der Sargdeckel wieder zu. Der Donner dieser Worte hatte mich meiner Sinne beraubt; als ich wieder erwachte, fühlt ich den Sarg erhoben und fortgeführt in einem Wagen eine halbe Stunde lang. Endlich ward er geöfnet — ich stand am Eingang dieses Gewölbes, mein Sohn vor mir, und der Mann, der mir das blutige Schwerdt von Karln gebracht hatte. — Zehnmal umfaßt ich seine Knie, und bat und flehte, und umfaßte sie, und beschwur — Das Flehen seines Vaters reichte nicht an sein Herz — Hinab mit dem Balg! donnerte es von seinem Munde, er hat genug gelebt, und hinab ward ich gestoßen ohne Erbarmen, und mein Sohn Franz schloß hinter mir zu.

K. Moor. Es ist nicht möglich, nicht möglich! Ihr müßt euch geirrt haben.

Der alte Moor. Ich kann mich geirrt haben. Höre weiter, aber zürne doch nicht! So lag ich zwanzig Stunden, und kein Mensch gedachte meiner Noth. Auch hat keines Menschen Fußtritt je diese Einöde betreten, denn die allgemeine Sage geht, daß die Gespenster meiner Väter in diesen Ruinen rasselnde Ketten schleifen, und in mitternächtlichen Stunden ihr Todtenlied raunen. End-

lich

lich hört ich die Thür wieder aufgehen; dieser
Mann brachte mir Brod und Wasser, und ent-
deckte mir, wie ich zum Tod des Hungers verurtheilt
gewesen, und wie er sein Leben in Gefahr setze,
wenn es herauskäme, daß er mich speise. So ward
ich kümmerlich erhalten diese lange Zeit; aber der
unaufhörliche Frost — die faule Luft meines Un-
raths — der gränzenlose Kummer — meine Kräfte
wichen, mein Leib schwand; tausendmal bat ich Gott
mit Thränen um den Tod — aber das Maas meiner Strafe muß noch nicht gefüllet seyn — oder muß
noch irgend eine Freude meiner warten, daß ich so wun-
derbarlich erhalten bin. Aber ich leide gerecht —
Mein Karl! mein Karl! — und er hatte noch keine
graue Haare.

R. Moor. Es ist genug. Auf! ihr Klötze, ihr Eis-
klumpen! Ihr trägen fühllosen Schläfer! Auf! will
keiner erwachen? (er thut einen Pistolschuß über die
schlafenden Räuber)

Achtzehnter Auftritt.

**Die Vorigen, und die Räuber, die aus dem
Schlaf aufspringen.**

Die Räuber. (aufgejagt) He, holla, holla,
was giebts da?

Moor. Hat euch die Geschichte nicht aus dem
Schlummer gerüttelt? Der ewige Schlaf würde
wach

wach worden seyn! Schaut her! schaut her! die Gesetze der Welt sind Würfelspiel worden; das Band
der Natur ist entzwei; die alte Zwietracht ist los;
der Sohn hat seinen Vater erschlagen.

Die Räuber. Was sagt der Hauptmann?

Moor. Nein! nicht erschlagen! Das Wort ist
Beschönigung! — der Sohn hat den Vater tausendmal gerädert, gespießt, gefoltert, geschunden!
Die Worte sind mir zu menschlich — worüber die
Sünde roth wird, worüber der Kannibale schaudert,
worauf seit Aeonen kein Teufel gekommen ist. —
Der Sohn hat seinen eigenen Vater — o seht her!
seht her! er ist in Ohnmacht gesunken, — in diesem Thurm hat der Sohn seinen Vater — Frost,
Blöße, — Hunger, — Durst — o seht doch,
seht doch! — es ist mein eigner Vater, — ich wills
nur gestehn.

Die Räuber. (springen herbei, und umringen den
Alten) Dein Vater? dein Vater?

Schweizer. (tritt ehrerbietig näher, fällt vor
ihm nieder) Vater meines Hauptmanns! Ich küsse
dir die Füße! du hast über meinen Dolch zu befehlen.

Moor. Rache! Rache! Rache dir! grimmig
beleidigter, entheiligter Greis! So zerreiß ich von
nun an auf ewig das brüderliche Band, (er zerreißt sein Kleid von oben an bis unten) So verfluch
ich jeden Tropfen brüderlichen Bluts im Antlitz des

J 4   offenen

offenen Himmels! Höret mich, Mond und Gestir-
ne! Höre mich, mitternächtlicher Himmel, der du
auf die Schandthat herunterblickteſt! Höre mich,
dreimalſchrecklicher Gott, der da oben über dem
Monde waltet, und rächt und verdammt über den
Sternen, und feuerflammt über der Nacht! Hier
knie ich — hier ſtreck ich empor die drei Finger
in die Schauer der Nacht — hier ſchwör ich, und
ſo ſpeie die Natur mich aus ihren Gränzen wie
eine bösartige Beſtie aus, wenn ich dieſen Schwur
verletze, ſchwör ich, das Licht des Tages nicht mehr
zu grüſſen, bis des Vatermörders Blut vor dieſem Steine verſchüttet, gegen die Sonne dampft!

(er ſteht auf)

Die Räuber. Es iſt ein Belials Streich! Sag
einer, wir ſeyen Schelmen! Nein, bey allen Drachen!
So bunt haben wirs nie gemacht!

Moor. Ja! und bei allen ſchrecklichen Seufzern
derer, die jemals durch eure Dolche ſtarben, derer,
die meine Flamme fraß, und mein fallender Thurm
zermalmte, — eh ſoll kein Gedanke von Mord
oder Raub Platz finden in eurer Bruſt, bis euer aller
Kleider von des verruchten Blute ſcharlachroth
gezeichnet ſind. — Das hat euch wohl niemals
geträumet, daß ihr der Arm höherer Majeſtäten
ſeyd? Der verworrene Kneul unſers Schickſals iſt
aufgelößt! Heute, heute hat eine unſichtbare Macht
unſer Handwerk geadelt! Betet an vor dem, der
euch

euch dieß erhabene Loos gesprochen, der euch hieher
geführt, der euch gewürdiget hat, die schreckliche Engel seines finstern Gerichtes zu seyn! Entblößet eure
Häupter! Kniet hin in den Staub, und stehet ge-
heiliget auf! (fie knien)

Schweizer. Gebeut Hauptmann! was sollen
wir thun?

Moor. Steh auf Schweizer, und rühre diese
heilige Locken an! (er führt ihn zu seinem Vater, und
giebt ihm eine Lock in die Hand) Du weißt noch,
wie du einsmals jenem böhmischen Reuter den Kopf
spaltetest, da er den Säbel über mich zuckte, und
ich athemlos und erschöpft von der Arbeit in die
Knie gesunken war? dazumal verhieß ich dir eine
Belohnung, die königlich wäre; ich konnte diese
Schuld niemals bezahlen.

Schweizer. Das schwurst du mir, es ist wahr,
aber laß mich dich ewig meinen Schuldner nennen!

Moor. Nein, jezt will ich bezahlen, Schweizer,
so ist noch kein Sterblicher geehrt worden wie du! —
Räche meinen Vater! (Schweizer steht auf)

Schweizer. Großer Hauptmann! Heut hast du
mich zum erstenmal stolz gemacht! — Gebeut, wo,
wie, wann soll ich ihn schlagen?

Moor. Die Minuten sind gezählt, du mußt
eilends gehn. — Ließ dir die Würdigsten aus der
Bande, und führe sie gerade nach des Edelmanns
Schloß! Zerr ihn aus dem Bette, wenn er schläft,

J 5   oder

oder in den Armen der Wolluſt liegt; ſchlepp ihn
vom Mahle weg, wenn er beſoffen iſt; reiß ihn
vom Krucifir, wenn er betend davor auf den Knien
liegt! Aber ich ſage dir, ich ſchärf es dir hart ein,
liefre ihn mir nicht todt: Deſſen Fleiſch will ich in
Stücken reißen, und hungrigen Geyern zur Speiſe
geben, der ihm nur die Haut ritzt, oder ein Haar
tränkt! Ganz muß ich ihn haben, und wenn du ihn
ganz und lebendig bringſt, ſo ſollſt du eine Million
zur Belohnung haben; ich will ſie einem Könige
mit Gefahr meines Lebens ſtehlen, und du ſollſt frei
ausgehn, wie die weite Luft. — Haſt du mich ver=
ſtanden, ſo eile davon!

Schweizer. Genug, Hauptmann! Hier haſt du
meine Hand darauf! Entweder du ſiehſt zwei zurück-
kommen, oder gar keinen. Schweizers Würgengel
kommt. (ab mit einem Geſchwader und Herrmann)

Moor. Ihr übrigen zerſtreut euch im Wald —
Ich bleibe.

Fünf=

Fünfter Aufzug.

Erster Auftritt.

Aussicht von vielen Zimmern.

Franz im Schlafrock hereingestürzt. Sogleich Daniel.

Franz. Verrathen! Verrathen! Geister ausgespien aus Gräbern — Losgerüttelt das Todtenreich aus dem ewigen Schlaf, brüllt wider mich! Mörder! Mörder! Wer regt sich da?

Daniel. (ängstlich) Hilf Himmel! Seyd ihrs, gestrenger Herr, der so gräßlich durch die Gewölbe schreit, daß alle Schläfer auffahren?

Franz. Schläfer? Wer heißt euch schlafen? Es soll niemand schlafen in dieser Stunde. Hörst du? Alles soll auf seyn — in Waffen — alle Gewehre geladen. — Sahst du sie dort im Bogengang hinschweben?

Daniel. Wen, gnädiger Herr?

Franz. Wen? Dummkopf! wen? So kalt, so leer fragst du, wen? hat michs doch angepackt wie der Schwindel! wen? Eselskopf! wen? Geister und Teufel! Wie weit ists in der Nacht?

Daniel. Eben jezt ruft der Nachtwächter zwei an.

Franz.

Franz. Was? will diese Nacht währen bis an den jüngsten Tag? Hörtest du keinen Tumult in der Nähe? Kein Siegsgeschrei? Kein Geräusch galoppirender Pferde? Wo ist Kar — der Graf, will ich sagen?

Daniel. Ich weiß nicht, mein Gebieter.

Franz. Du weißts nicht? Du bist auch unter der Rotte? Ich will dir das Herz aus den Rippen stampfen! mit deinem verfluchten: ich weiß nicht! Was? auch Bettler wider mich verschworen? Himmel, Hölle! alles wider mich verschworen?

Daniel. Mein Gebieter! —

Franz. Nein! ich zittre nicht! Es war lediglich ein Traum. Die Todten stehen noch nicht auf. — Wer sagt, daß ich zittre und bleich bin? Es ist mir ja so leicht, so wohl.

Daniel. Ihr seyd todtenbleich. eure Stimme ist bang und lallet.

Franz. Ich habe das Fieber; ich will morgen zur Ader laffen.

Daniel. O ihr seyd ernstlich krank.

Franz. Ja freilich, freilich! das ists alles — Und Krankheit verstöret das Gehirn, und brütet tolle und wunderliche Träume aus. — Träume bedeuten nichts — nicht wahr, Daniel? Träume kommen ja aus dem Bauche, und Träume bedeuten nichts. — Ich hatte so eben einen lustigen Traum.

(er sinkt ohnmächtig nieder)

Daniel.

Daniel. Gott! was ist das! Georg! Conrad! Bastian! Martin! so gebt doch nur eine Urkund von euch! (rüttelt ihn) So nehmt doch nur Vernunft an! So wirds heißen, ich hab ihn todt gemacht. Gott erbarme sich meiner!

Franz, (verwirrt) Weg! — weg! was rüttelst du mich so, scheußliches Todtengerippe? — Die Todten stehen noch nicht auf —

Daniel. O du ewige Güte! Er hat den Verstand verlohren.

Franz. (richtet sich matt auf) Wo bin ich? — Du, Daniel? was hab ich gesagt? Merke nicht drauf! Ich hab eine Lüge gesagt, es sey, was es wolle — Komm! hilf mir auf! — Es ist nur ein Anstoß von Schwindel — weil ich — weil ich — nicht ausgeschlafen habe.

Daniel. Ich will Hülfe rufen, ich will nach Aerzten rufen.

Franz. Bleib! setz dich neben mich auf diesen Sopha — So — du bist ein gescheider, ein guter Mann. Laß dirs erzählen.

Daniel. Jezt nicht, ein andermal! Ich will euch zu Bette bringen. Ruhe ist euch besser.

Franz. Nein, ich bitte dich, laß dir erzählen, und lache mich derb aus! Siehe, mir däuchte, ich hätte ein königlich Mahl gehalten, und mein Herz wäre guter Dinge, und ich läge berauscht im Rasen des Schloßgartens, und plötzlich
lich

lich — plötzlich, aber ich sage dir, lache mich derb
aus!

Daniel. Plötzlich.

Franz. Plötzlich traf ein ungeheurer Donner
mein schlummerndes Ohr; ich taumelte bebend auf,
und siehe, da war mirs, als säh ich aufflammen den
ganzen Horizont in feuriger Lohe, und Berge und
Städte und Wälder, wie Wachs im Ofen zerschmel-
zen, und eine heulende Windsbraut fegte von hinnen
Meer, Himmel und Erde. —

Daniel. Das ist ja das leibhafte Konterfei
vom jüngsten Tag.

Franz. Nicht wahr? das ist tolles Zeug? Da
trat einer hervor, der hatte in seiner Hand eine
eherne Wage, die hielt er zwischen Aufgang und
Niedergang, und sprach: Tretet herzu, ihr Kinder
des Staubes. — Ich wäge die Gedanken!

Daniel. Gott erbarme sich meiner.

Franz. Schneebleich stunden alle; ängstlich
klopfte die Erwartung in jeglicher Brust. Da war
mirs, als hört ich meinen Namen zuerst genannt
aus den Wettern des Berges, und mein innerstes
Mark gefror in mir, und meine Zähne klapperten
laut.

Daniel. O Gott vergeb euch!

Franz. Das that er nicht! — Siehe, plötzlich
erschien ein alter Mann, schwer gebeugt von Gram,
angebissen den Arm von wüthendem Hunger; aller

Augen

Augen wandten sich scheu vor dem Manne; ich kannte
den Mann; er schnitt eine Locke von seinem silbernen
Haupthaar, warf sie hin — hin — und — da
hört ich eine Stimme schallen aus dem Rauche des
Felsen: Gnade! Gnade jedem Sünder der Erde
und des Abgrunds! Du allein bist verworfen! —
(tiefe Pause) Nun warum lachst du nicht?

Daniel. Kann ich lachen, wenn mir die Haut
schaudert? Träume kommen von Gott.

Franz. Pfui doch, pfui doch! sage das nicht!
Heiß mich einen Narren, einen aberwitzigen, abge-
schmackten Narren! Thue das, lieber Daniel, ich
bitte dich drum, spotte mich tüchtig aus!

Daniel. Träume kommen von Gott. Ich will
für euch beten. (ab)

Franz. Pöbelweisheit! Pöbelfurcht! — Es ist
ja noch nicht ausgemacht, ob das Vergangene nicht
vergangen ist, oder ein Auge findet über den Sternen. — Hum! hum! — Wer raunte mir das ein?
Rächet denn droben über den Sternen einer? —
Nein, nein! — Ja, ja! fürchterlich zischelts um mich:
Richtet droben einer über den Sternen? Entgegen
gehen dem Rächer über den Sternen diese Nacht
noch! Nein! sag ich — Elender Schlupfwinkel,
hinter den sich deine Feigheit verstecken will — öd,
einsam, taub ists droben über den Sternen —
Wenns aber doch etwas mehr wäre? Nein, nein,
es ist nicht! Ich wills, es ist nicht! Wenns aber

doch

doch wäre? Weh mir, wenns nachgezählt worden wäre? wenns dir vorgezählt würde diese Nacht noch! — Warum schaudert mir's so durch die Knochen? — Sterben! warum packt mich das Wort so? Rechenschaft geben dem Rächer droben über den Sternen — und wenn er gerecht ist, — wenn er gerecht ist?

Zweiter Auftritt.

Ein Bedienter eilig.

Bedienter. Amalia ist entsprungen, der Graf ist plötzlich verschwunden.

Dritter Auftritt.

Daniel kommt ängstlich.

Daniel. Gnädiger Herr, es jagt ein Trupp feuriger Reuter die Steig herab, schreien Mordjo, Mordjo — das ganze Dorf ist in Allarm.

Franz. Geh, laß alle Glocken zusammen läuten, alles soll in die Kirche — auf die Knie fallen alles — beten für mich — alle Gefangene sollen los seyn und ledig; ich will den Armen alles doppelt und dreifach wieder geben; ich will — so geh doch — so ruf doch den Beichtvater, daß er mir meine Sünden hinwegseegne — Bist du noch nicht fort?

(das Getümmel wird hörbarer)

Daniel.

Daniel. Gott verzeih mir meine schwere Sünde! wie soll ich das wieder reimen? Ihr habt ja immer das liebe Gebet über alle Häuser hinausgeworfen, habt mir so manche — —

Franz. Nichts mehr davon — Sterben! siehst du? Sterben? Es wird zu spät (man hört Schweizern toben) Bete doch! Bete!

Daniel. Ich sagt's euch immer — ihr verachtet das liebe Gebet so — aber gebt Acht, gebt Acht! Wenn die Noth an Mann geht, wenn euch das Wasser an die Seele geht — —

Schweizer. (auf der Gasse) Stürmt! Schlagt todt! Brecht ein! Ich sehe Licht, dort muß er seyn.

Franz. (auf den Knien) Höre mich beten, Gott im Himmel! — Es ist das erstemal — Erhöre mich, Gott im Himmel!

Schweizer. (immer auf der Gasse) Schlag sie zurück, Kamerad — der Teufel ist's, und will euren Herrn holen — wo ist der Schwarze mit seinem Haufen? — Postir dich ums Schloß, Grimm — Lauf Sturm wider die Ringmauer!

Grimm. Holt ihr Feuerbrände — wir hinauf, oder er herunter — ich will Feuer in seine Säle schmeissen.

Franz. (betet) Ich bin kein gemeiner Mörder gewesen, mein Herr Gott! — hab mich nie mit Kleinigkeiten abgegeben, mein Herr Gott! —

K   Daniel.

Daniel. Gott sey uns gnädig! Auch seine Gebete werden zu Sünden.

(Es fliegen Steine und Feuerbrände. Die Scheiben fallen)

Franz. Ich kann nicht beten — hier, hier! (auf Brust und Stirn schlagend) Alles so öd — so verdorret (steht auf) Nein, ich will auch nicht beten —

Daniel. Jesus Maria! Helft — rettet — das ganze Schloß steht in Flammen!

Franz. Hier nimm diesen Degen. Hurtig — jag mir ihn hinterrücks in den Bauch, daß nicht diese Buben kommen, und treiben ihren Spott mit mir.

(das Feuer nimmt überhand)

Daniel. Bewahre! bewahre! Ich mag niemand zu früh in den Himmel fördern, vielweniger zu früh —

(er entrinnt)

Vierter Auftritt.

Franz. (ihm graß nachstierend, nach einer Pause)

In die Hölle willst du sagen! — Wirklich! ich wittere so etwas — Sind das ihre hellen Triller? Hör' ich euch zischen, ihr Nattern des Abgrunds? — Sie dringen herauf — belagern die Thüre — Warum zag ich so vor dieser bohrenden Spitze? — Die Thüre kracht — stürzt — unentrinnbar.

(er springt in die Flamme. Die eindringenden Räuber ihm nach)

Fünfter

Fünfter Auftritt.

Der Schauplatz, wie in dem letzten Auftritt
des vorigen Aufzugs.

Der alte Moor auf einem Stein sitzend.
Räuber Moor gegen über. Räuber hin
und her im Wald.

R. Moor. Er war euch lieb euer andrer
Sohn?

D. a. Moor. Du weißt es, o Himmel? Warum
ließ ich mich doch durch die Ränke eines bösen
Sohnes bethören? Ein gepriesener Vater gieng ich
einher unter den Vätern der Menschen. Schön um
mich blühten meine Kinder voll Hoffnung. Aber —
O der unglückseligen Stunde! — Der böse Geist
fuhr in das Herz meines zweiten, ich traute der
Schlange — verlohren meine Kinder beide!
(verhüllt sich das Gesicht)

R. Moor. (geht weit von ihm weg)

D. a. Moor. O ich fühl es tief, was mir
Amalia sagte; der Geist der Rache sprach aus ihrem
Munde. Vergebens ausstrecken deine sterbenden Hände
wirst du nach einem Sohn; vergebens wähnen zu
umfassen die warme Hand deines Karls, der nimmermehr an deinem Bette steht —

R. Moor. (reicht ihm die Hand mit abgewand-
tem Gesicht)

D. a. Moor. Wärst du meines Karls Hand — Aber er liegt fern im engen Hause, schläft schon den eisernen Schlaf, höret nimmer die Stimme meines Jammers — weh mir! sterben in den Armen eines Fremdlings — Kein Sohn mehr — kein Sohn mehr, der mir die Augen zudrücken könnte —

R. Moor. (in der heftigsten Bewegung) Jezt muß es seyn — jezt — Verlaßt mich (zu den Räubern) Und doch — kann ich ihm denn seinen Sohn wieder schenken — Ich kann ihm seinen Sohn doch nicht mehr schenken — Nein, ich wills nicht thun.

D. a. Moor. Wie? Freund! Was hast du da gemurmelt?

R. Moor. Dein Sohn — ja alter Mann — (stammelnd) Dein Sohn — ist — ewig verlohren.

D. a. Moor. Ewig?

R. Moor. (in der fürchterlichsten Beklemmung gen Himmel sehend) O! nur dießmal — laß meine Seele nicht matt werden — nur dießmal halte mich aufrecht?

D. a. Moor. Ewig sagst du?

R. Moor. Frage nichts weiter. Ewig, sagt ich.

D. a. Moor. Fremdling! Fremdling! warum zogst du mich aus dem Thurm?

R. Moor. Und wie? — Wenn ich jezt seinen Seegen weghaschte — haschte wie ein Dieb, und mich davon schliche mit der göttlichen Beute — (stürzt vor

vor ihm nieder) Ich zerbrach die Riegel deines
Thurmes — Küße mich, göttlicher Greis!

D. a. Moor. (drückt ihn wider sein Herz) Denk,
es sey Vaters Kuß; so will ich denken, ich küße
meinen Karl! — Du kannst auch weinen?

R. Moor. (sehr gerührt) Ich dacht, es sey Vaters Kuß. (an seinem Hals. Pause. Man hört ein
verwirrtes Getöse, und erblickt den Schein von Fackeln.
Moor springt auf) Horch! die Rache ruft! Sie
kommen! (er wirft einen vollen Blick auf den Alten,
und schaut grimmiger auf) Flamme mich in tygri-
sche Mordsucht, leidendes Lamm; dir will ich ein
Opfer bringen, daß die schauende Sterne über mir
sollen dunkel werden, und in Todesschauer erstarren soll
die Natur. (Fackeln sichtbarer. Der Lerm hörbarer.
Wiederholte Pistolenschüße.

D. a. Moor. Weh! Weh! Weß ist das wilde
Getöse? — Sinds die Handlanger meines Soh-
nes? Wollen sie mich vom Thurme schleppen zum
Blocke?

R Moor. (auf der andern Seite. Die Hände
gefalten mit Inbrunst) Höre die Andacht des Mordbrenners, Richter im Himmel! — Mach ihn un-
sterblich! — Raff ihn nicht weg beim ersten Streich.
Mach jeden Herzstoß zu einem Labsal — jeden
Schwerdtstoß zu einem Erquicktrunk!

D. a. Moor. Weh! was murmelst du, Fremb-
ling? — Fürchterlich! fürchterlich!

R.

K. Moor. Ich bete. (wilde Musik der kommenden Räuber)

D. a. Moor. O! auch meines Franzen gedenke in deinem Gebet —

K. Moor. (mit verbißnem Rasen) Ich gedenke.

D. a. Moor. Aber ist das`der Ton eines Beters? Hör auf — hör auf — Mir schaudert vor deiner Andacht.

Sechster Auftritt.

Schweizer voran. Ein Zug Räuber, Franz von Moor, (Ketten schleifend in der Mitte)

Schweizer. Triumph, Hauptmann! — Hier ist der Bube — Meine Ehre ist gelößt.

Grimm. Gerissen aus den Flammen seines Schlosses — seine Vasallen geflohen —

Rosinsky. Sein Schloß hinter ihm in Asche — Versunken seines Namens Gedächtniß.

(Es erfolgt eine grauenvolle Pause auf dem Schauplatz. K. Moor tritt langsam hervor)

K. Moor. (zu Franz [mit dumpfer gelassener Stimme) Kennst du mich?

Franz v. Moor. (steht, den Blick in den Boden gewurzelt, keine Antwort)

K. Moor. (wie oben, indem er ihn zu seinem Vater führt) Kennst du diesen?

Franz.

Franz v. Moor. (taumelt durchdonnert zurück)
Zermalmet mich Donner des Himmels! Mein
Vater!

D. a. Moor. (wendet sich bebend ab) Geh —
Gott vergebe dir — ich vergeße —

K. Moor. (fürchterlich streng) Und mein Fluch
hänge sich tausendpfündig an diese Bitte, und läh-
me ihren Flug zum Erhörer! — Kennst du diesen
Thurm auch?

Franz v. Moor. (heftig zu Herrmann) Was
Ungeheuer? Bis zu diesem Thurm verfolgte dein
Familienhaß meinen Vater?

Herrmann. Bravo! Bravo! So ist doch kein
Teufel so lüderlich, seinen Vasallen in der lezten Lüge
zu verlassen!

K. Moor. Genug. Diesen Alten führt tiefer in den Wald. Zu dem, was ich jezt thun
werde, bedarf ich keiner Vaterthränen. (sie führen den alten Grafen, der wie betäubt ist, vom
Schauplatz.) Näher, Banditen! (sie formiren einen halben Mond um die beiden, und hängen
schauernd über ihren Flinten) Nun! keinen Laut
weiter — so wahr ich Vergebung der Sünden
hoffe! Dem ersten, der nur die Zunge rührt, eh
ichs befehle, kracht diese gezogene Pistole —
Stille!

Franz v. Moor. (zu Herrmann im Ausbruch der
äußersten Wuth) Ha! Schandbube! daß ich nicht

all

all mein Gift in diesem Schaum auf dein Angesicht geifern kann! — O es ist bitter!

(weinend in die Ketten beissend)

K. Moor. (in majestätischer Stellung) Ein Bevollmächtigter des Weltgerichts steh ich da. — Einen Rechtshandel will ich schlichten, den kein Reiner schlichtet — Sünder sitzen zu Gerichte — Ich der Größeste obenan. — Dolche seyen die Loose — Wer neben diesem nicht rein sieht, wie ein Heiliger, trete ab vom Gerichte, und zerbreche seinen Dolch — Laßt fallen! (die Räuber werfen alle ihre Dolche unzerbrochen auf die Erde. R. Moor zu Franz) Sey stolz! du hast heute Missethäter zu Engeln gemacht! — Noch einen Dolch vermißt ihr? (er zieht den seinigen. Große Pause) Seine Mutter war auch meine Mutter — (zu Kosinsky und Schweizer) Richtet ihr! (er zerbricht seinen Dolch, und tritt tiefgerührt auf die Seite)

Schweizer. (nach einer Pause) Steh ich nicht da, wie ein Schulbube, und zermartre mein Gehirn mit Erfindung? — So reich an Freuden das Leben, so arm an Qualen der Tod! (auf den Boden stampfend) Sprich du! ich erlahme.

Kosinsky. Denk an den Graukopf! Blick seitwärts nach diesem Thurm, und begeistre dich. Ich bin ein Schüler; schäme dich, Meister!

Schweizer. Bin ich doch grau worden in Auftritten des Jammers, und soll nun zum Bettler ver verarmen an diesem! — Frevelte er nicht an diesem Thurme? Richten wir nicht an diesem Thurme? Hinunter mit ihm! — In diesem Thurme verfaul er lebendig!

Die Räuber. (beistimmend mit Getöse) Hinunter! hinunter! (stürmen auf Franz zu)

Franz von Moor. (springt seinem Bruder in die Arme) Rette mich von den Klauen der Mordbrenner! Rette mich, Bruder!

R. Moor. (sehr ernst) Du hast mich zu ihrem Fürsten gemacht! — (Franz stürzt erschrocken zurück) Wirst du mich noch bitten?

Räuber. (lermen ungestümmer) Hinunter! hinunter!

R. Moor. (tritt zu ihm edel und mit Schmerz) Sohn meines Vaters! Du hast mir meinen Himmel gestohlen. Diese Sünde sey dir genommen — Fahr in die Hölle, Rabensohn! — Ich vergebe dir, Bruder! (er umarmt ihn, und eilt von dem Schauplatz. Franz wird hinab gestoßen, und über ihm Gelächter)

R. Moor. (kommt nachdenkend zurück) Es ist vollendet! Lenker der Dinge, habe Dank! Es ist vollendet! — (verweilt über einem großen Gedanken) Wenn dieser Thurm wäre das Ziel gewesen, zu dem du mich führtest auf blutvollen Wegen? Wenn ich darum das Haupt der Sünder bin worden? — — —

Ewige

Ewige Vorsicht! hier schaudre ich — und bete
an! — Wohl! ich vertraue dir, und mach
Feyerabend am Ziele. — In seiner schönsten
Schlacht fällt der Sieger so schön — In diesem
Abendroth will ich erlöschen! Laßt mir den Vater
kommen.

(Einige Räuber gehen, und bringen den
alten Grafen geführt)

D. a. Moor. Wohin wollt ihr mit mir? Wo
ist mein Sohn?

R. Moor. (mit Würde und Gelassenheit ihm
entgegen) Planet und Sandkorn haben ihren ge=
messenen Platz in der Schöpfung — auch dein
Sohn hat den seinen. Sey ruhig, und setz dich
nieder.

D. a. Moor. (bricht in Thränen aus) Kein
Kind mehr? Kein Kind mehr?

R. Moor. Sey ruhig, und setz dich nieder.

D. a. Moor. O der gutherzigen Barbaren!
Aus dem Thurm reißen sie einen sterbenden Greisen,
ihn zu grüßen: deine Kinder sind geschlachtet! O
ich bitte euch, vollendet eure Barmherzigkeit, und
stoßt mich wieder hinunter.

R. Moor. (ergreift seine Hand mit Heftigkeit, und
hält sie mit Wärme gen Himmel) Lästre nicht! alter
Mann! Lästre den Gott nicht, vor dem ich heute
freudiger bete. Schlimmere, als du bist, haben ihn
heute von Angesicht zu Angesicht gesehen.

D.

D. a. Moor. (ſcharf) Und würgen gelernt?

K. Moor. (böſe) Sechzigjähriger! kein ſolch Wort mehr. (ſanfter und mit Schmerz) Wenn ſeine Gottheit ſelbſt die Sünder erwärmt, ſollen die Heilige ſie zurückſtoſſen? Und wo würdeſt du Worte finden, ihm Abbitte zu thun, wenn er dir heute — einen Sohn getauft hätte?

D. a. Moor. (bitter) Tauft man heute mit Blut?

K. Moor. (ſingend) Wie ſagſt du? — Redet denn auch Verzweiflung die Wahrheit — Ja, alter Mann, auch mit Blut kann die Vorſicht taufen — Mit Blut hat ſie dir heute getauft — Ihre Wege ſeltſam und fürchterlich — aber Freudenthränen am Ziele!

D. a. Moor. Wo werd ich ſie weinen?

K. Moor. (der ihm in die Arme ſtürzt) Am Herzen deines Karls!

D. a. Moor. (im Ausbruch der höchſten Freude) Mein Karl lebt!

K. Moor. Dein Karl lebt! — Dir vorausgeſchickt zum Retter, zum Rächer! So lohnte dir dein begünſtigter Sohn! (auf den Thurm zeigend) — So rächet ſich dein verlohrner Sohn!

(er drückt ihn wärmer an die Bruſt)

Räuber. Volk im Wald! Stimmen!

K. Moor. (fährt auf) Ruft die andern. (die Räuber ab. Moor mit ſich ſelber) Es iſt Zeit mein

Herz—

Herz — den Wollustbecher vom Mund, eh er ver=
giftet.

D. a. Moor. Sind diese Männer deine Freunde?
Fast fürchte ich ihre Blicke.

K. Moor. Alles, mein Vater! — dieses frage
mich nicht.

Siebenter Auftritt.

Amalia. (mit fliegenden Haaren) Die ganze
Bande. (folgt hinter ihr her, und sammelt
sich im Hintergrunde der Bühne.

Amalia. Die Todten, schreit man, seyen er=
standen auf seine Stimme — Mein Oheim leben=
dig — aus diesem Thurme — Karl! Oheim! wo
sind ich sie?

K. Moor. (zurückbebend) Wer bringt dieß Bild
vor meine Augen?

D. a. Moo. (rast sich zitternd auf) Amalia!
Meine Nichte! Amalia!

Amalia. (stürzt dem Alten in die Arme) Dich
wieder, mein Vater — und meinen Karl — und
alles?

Der alte Moor. Mein Karl lebt — du — ich —
lebt Alles! Alles! Mein Karl lebt!

K. Moor. (rasend zu der Bande) Brecht auf,
Brüder! der Erzfeind hat mich verrathen!

Amalia.

Amalia. (entspringt dem Vater, und eilt auf den
Räuber zu, und umschlingt ihn, entzückt) Ich hab
ihn! o ihr Sterne! ich hab ihn!

K. Moor. Reißt sie von meinem Halse! —
Tödtet sie! Tödtet ihn! Mich! Euch! Alles! Die
ganze Welt geh zu Grunde!

Amalia. Bräutigam! Bräutigam! Du rasest!
Ha! vor Entzückung! Warum bin ich auch so fühl=
los? Mitten im Wonnewirbel so kalt?

Der alte Moor. Kommt Kinder! Deine Hand,
Karl — deine, Amalia — O ich hoffte nie, daß mir
vor dem Grabe die Wollust würde! — Ich will sie
zusammen fügen auf ewig.

Amalia. Ewig sein! Ewig! Ewig! Ewig mein!
O ihr Mächte des Himmels! entlastet mich dieser
tödtlichen Wollust, daß ich nicht unter dem Zentner=
Gewicht vergehe!

K. Moor. (losgerissen von Amalien) Weg!
Weg! — Unglückseligste der Bräute! — Schau
selbst! frage selbst! höre! — Unglückseligster der
Väter! Laß mich ewig davon rennen.

Amalia. Wohin? Was? Liebe! Ewigkeit! Won=
ne! Unendlichkeit! und du fliehst?

Der alte Moor. Mein Sohn flieht? Mein
Sohn flieht?

K. Moor. Zu spät! Vergebens! — Dein Fluch,
Vater! — frage mich nichts mehr — ich bin — ich
habe — dein Fluch — dein vermeinter Fluch! (ge=
faßter)

faßter) So vergeh dann, Amalia! Stirb. Vater! stirb durch mich zum zweitenmal! diese deine Retter sind Räuber und Mörder! Dein Sohn ist — ihr Hauptmann!

Der alte Moor. Gott! Meine Kinder! (er stirbt)

Amalia. (stumm und starr wie eine Bildsäule)

Die ganze Bande. (in fürchterlicher Pause)

R. Moor. (wider eine Eiche rennend) Die Seelen derer, die ich erdrosselte im Genusse der Liebe — derer, die ich zerschmetterte im heiligen Schlafe, — derer — Hahaha! hört ihr den Pulverthurm knallen über dem Stuhl der Gebährerin? Seht ihr die Flammen lecken an den Wiegen der Säuglinge? Das ist Brautfackel! das ist Hochzeitmusik! O! er vergißt nicht — er weiß zu mahnen! Darum von mir die Wonne der Liebe! darum mir zum Gerichte die Liebe! — das ist Vergeltung!

Amalia. (wie erwacht aus einem Donnerschlag, lallend) Es ist wahr! Herrscher im Himmel! Er sagt: es ist wahr! — Was hab ich gethan, ich unschuldiges Lamm? — Ich hab diesen geliebt!

R. Moor. Das ist mehr, als ein Mann erduldet. Hab ich doch den Tod aus mehr denn tausend Röhren auf mich zu pfeiffen gehört, und bin ihm keinen Fuß breit gewichen; soll ich jezt erst lernen beben wie ein Weib? beben vor einem Weibe? — Nein! ein Weib erschüttert meine Mannheit nicht,
Blut!

Blut! Blut! — Es wird vorüber gehen. Blut will ich saufen — und ich poche dem Tyrannen Verhängniß. (er will davon)

Amalia. (fällt ihm in die Arme) Mörder! Teufel! Ich kann dich Engel nicht lassen.

R. Moor. (steht verwundernd still) Träum ich, Ras' ich? Hat die Hölle eine neue Finte ersonnen, ihr satanisches Kurzweil mit mir zu treiben? Sie liegt am Halse des Mordbrenners!

Amalia. Ewig, unzertrennlich!

R. Moor. Noch liebt sie mich! Noch! — Rein bin ich wie das Licht! Sie liebt mich mit all meinen Sünden! (in Freude geschmolzen) Die Kinder des Lichts weinen am Halse begnadigter Teufel — Meine Furien erdrosseln hier ihre Schlangen — die Hölle ist zernichtet — Ich bin glücklich! (er verbirgt sein Gesicht an ihrem Busen. Eine Gruppe voll Rührung. Pause.

Grimm. (grimmig hervortretend) Halt ein, Verräther! gleich laß diesen Arm fahren — oder ich will dir ein Wort sagen, daß dir die Ohren gellen, und deine Zähne vor Entsetzen klappern.

Schweizer. (streckt das Schwerdt zwischen beede) Denk an die böhmischen Wälder! hörst du? zagst du? An die böhmischen Wälder sollst du denken. Treuloser! wo sind deine Schwüre? Vergißt man Wunden so bald — da wir Glück — Ehre und Leben in die Schanze schlugen für dich? da wir dir

stunden

ſtunden wie Mauren — Hubſt du da nicht deine
Hand zum eiſernen Eid auf, ſchwurſt uns nie zu
verlaſſen, wie wir dich nicht verlaſſen haben? Ehr-
loſer! Treuvergeſſener! und du willſt abfallen, wenn
ein Weib weint?

Die Räuber. (durcheinander, reißen ihre Kleider auf) Schau her! Schau! Kennſt du dieſe
Narben? Mit unſerm Herzblut haben wir dich zum
Leibeigenen angekauft — Unſer biſt du, und wenn
der Erzengel Michael mit dem Moloch ins Handgemeng darüber kommen ſollte! Marſch mit uns!
Opfer um Opfer! Liebe um Treue! ein Weib um
die Bande!

R. Moor. (läßt Amalien fahren) Es iſt aus —
Ich wollte umkehren, und zu meinem Vater gehen;
aber der im Himmel ſagt: Nein! — Rolle doch
deine Augen nicht ſo, Amalia — Er bedarf ja
meiner nicht — Hat er nicht Geſchöpfe die Fülle —
Einen kann er ſo leicht miſſen. Dieſer Eine nun
bin ich. Kommt, Kameraden. (er dreht ſich nach
der Bande)

Amalia. (reißt ihn zurück) Halt! Halt! einen
Stoß! Einen Todesſtoß! *Neu verlaſſen!* Zieh den
Degen, und erbarme dich.

R. Moor. Das Erbarmen iſt in die Bären gefahren. Ich tödte dich nicht.

Amalia. (ſeine Knie umfaſſend) O um Gottes
willen! um aller Erbarmungen willen! ich will ja
nicht

nicht Liebe mehr — weiß ja wohl, daß droben unsere Sterne feindlich von einander fliehen — Tod ist meine Bitte nur. Steh! meine Hand zittert. Ich habe das Herz nicht — zu stoßen. Mir bangt vor der blitzenden Schneide. Dir ists so leicht, du bist Meister im Morden. Zieh den Degen, und ich bin glücklich.

R. Moor. (sehr streng) Willst du allein glücklich seyn? Fort! Ich tödte kein Weib.

Amalia. Ha Würger! du kannst nur die Glücklichen tödten, die Lebenssatten gehst du vorüber. (flehend gegen die Bande) So erbarmet euch meiner, ihr Schüler des Henkers. Es ist ein so blutdürstiges Mitleid in euren Blicken, das den Elenden Trost ist. Drückt ab — Euer Meister ist ein feigherziger Prahler. (einige Räuber zielen)

R. Moor. (außer Fassung) Zurück Harpyen! (er tritt mit Majestät darzwischen) Wag es einer in mein Heiligthum zu brechen! Sie ist mein — (indem er sie mit starken Armen umfaßt) Und nun ziehe an ihr der Himmel, die Hölle an mir — Die Liebe über den Eiden! (er hebt sie hoch auf, und schwingt sie in dieser Gruppe unerschrocken gegen die ganze Bande) Was die Natur aneinander schmiedet — wer wird es scheiden?

Räuber. (schlagen an) Wir.

R. Moor. (bitter lachend) Ohnmächtige! (er läßt Amalien halb entseelt auf den Stein nieder) Blick auf, meine Verlobte! Priestersegen wird uns nicht vereinen, aber ich weiß etwas bessers. (er nimmt Amaliens Halstuch hinweg, und entblößt ihr den Busen — zu der Bande gelassener) Schaut diese Schönheit, ihr Männer — (zärtlich traurig) Schmelzt sie Banditen nicht? (nach einer Pause sanfter) Schaut mich an, Banditen — Jung bin ich, und liebe — hier werd ich geliebt — angebetet. Bis ans Thor des Paradieses bin ich gekommen — (weich und bittend) Sollten mich meine Brüder zurückschleudern?

Räuber. (stimmen ein Gelächter an)

R. Moor. (entschlossen) Genug! bis hieher Natur! Jezt fängt der Mann an! — Auch ich bin der Mordbrenner Einer — und (ihnen entgegen mit unbeschreiblicher Hoheit) euer Hauptmann! Mit dem Schwerdt wollt ihr mit eurem Hauptmann rechten, Banditen? (mit gebietender Stimme) Streckt die Gewehre! Euer Herr spricht mit euch!

Räuber. (werfen erschrocken ihre Waffen zur Erde)

R. Moor. Seht! nun seyd ihr nichts mehr, als Kinder, und ich — bin frei. Frei muß Moor seyn, wenn er groß seyn will. Um ein Elisium der Liebe ist mir dieser Triumph nicht feil. (er zieht den

den Degen) Nennt es nicht Wahnwiz, Banditen, was ihr das Herz nicht habt Größe zu nennen. Der Wiz der Verzweiflung überflügelt den Schnecken= gang der ruhigen Weisheit. — Thaten, wie diese, überlegt man, wenn sie gethan sind — Ich will hernach davon reden.

(er stürzt auf Amalien zu, und wirft sie mit einem Degenstoß nieder)

Räuber. (klatschen lermend in! die Hände) Bra= vo! bravo! Das heißt seine Ehre lösen wie ein Räuberfürst! Bravo!

R. Moor. (stellt sich vor Amalien, und bewacht sie mit ausgestrecktem Degen) Nun ist sie mein! — Mein! — Oder die Ewigkeit ist die Grille ei= nes Dummkopfs gewesen. Eingesegnet mit dem Schwerdt, hab ich heimgeführt meine Braut, vorüber an all den Zauberhunden meines Feindes Verhäng= niß. (von ihr weg mit stolzen Schritten) Noch manchen Tanz darf die Erde um die Sonne thun, eh sie eine zweite That, wie diese, erschwingt. (zärtlich zu Amalien) Und er muß süß gewesen seyn der Tod von Bräutigams Händen? Nicht wahr, Amalia?

Amalia. (sterbend im Blut) Süße. (sie streckt ihre Hand aus, und stirbt)

R. Moor. (zu der Bande mit Majestät) Nun ihr erbärmlichen Gesellen? Nicht wahr? So hoch schwindelte eure Schurken=Forderung nie? — Ein

L 2

Leben

Leben habt ihr mir geopfert, ein Leben, das schon
verfallen war — ein Leben voll Abscheulichkeit und
Schande — Ich hab euch einen Engel geschlach=
tet, (wirft den Degen mit Verachtung unter sie)
Banditen! Wir sind quitt — Ueber dieser Leiche
liegt meine Handschrift zerrissen — Euch schenk ich
die curige.

Räuber. (drängen sich zu) Deine Leibeigenen
wieder bis in den Tod.

K. Moor. Nein! nein! nein! Gewiß sind wir
fertig. Leise lispert mein Genius: „Geh nicht
weiter, Moor. Hier ist der Markstein des
Menschen — und der Deine.„ Nehmt ihn
zurück diesen blutigen Busch. (er wirft seinen Busch
auf die Erde) Wer Lust hat, Hauptmann zu seyn
nach mir, mag ihn aufheben.

Räuber. Ha! Muthloser! wo sind deine hoch=
fliegenden Plane? Sinds Seifenblasen gewesen, die
beim Todesröcheln eines Weibes zerplatzen?

K. Moor. (mit Würde) Untersucht nicht,
wo Moor handelt, das ist mein lezter Befehl—
Kommt! schließt einen Kreis um mich, und ver=
nehmt das Testament eures sterbenden Hauptmanns.
(er heftet einen verweilenden Blick auf die Bande)
Ihr seyd treu an mir gehangen. — Treu ohne
Beispiel — hätt euch die Tugend so fest verbrü=
dert, als die Sünde — ihr wäret Helden wor=
den, und die Menschheit spräch eure Namen mit
Wonne,

Wonne. Gehet hin, und opfert eure Gaben dem
Staate. Dienet einem Könige, der für die
Rechte der Menschheit streitet — Mit diesem Se=
gen seyd entlassen. (zu Schweizer und Rosinsky)
Ihr bleibet.

(die übrigen Räuber gehen langsam und be=
wegt von der Bühne)

Achter Auftritt.

R. Moor. Schweizer. Rosinsky.

R. Moor. Gieb mir deine Rechte, Rosinsky;
Schweizer, deine Linke. (er nimmt ihre Hände, und
steht mitten zwischen beiden. Zu Rosinsky) Du bist
noch rein, junger Mann — unter den Unreinen der
einzige Reine! (zu Schweizern) Tief hab ich diese
Hand getaucht in Blut — Ich bins ders gethan
hat. Mit diesem Händedruck nehm ich zurück, was
mein ist. Schweizer! du bist rein, (er hält ihre
Hände mit Inbrunst gen Himmel) Vater im Him=
mel! hier geb ich sie dir wieder — Sie werden
wärmer an dir hangen, als deine Niemalgefalle=
nen — das weiß ich gewiß.

(Schweizer und Rosinsky fallen sich von bei=
den Seiten herüber um den Hals)

R. Moor. Jezt nicht — nur jezt nicht, meine
Lieben. Schonet meines Muths in dieser richten=
den Stunde. — Ein Grafschaft ist mir heute

zu

zugefallen — ein Schaz, worauf noch kein Fluch
den Harpienflügel schlug — Theilt sie unter euch,
Kinder, werdet gute Bürger, und wenn ihr gegen
zehn, die ich zu Grund richtete, nur einen glücklich macht, so wird meine Seele gerettet. — Geht—
kein Lebewohl — dort sehen wir uns wieder —
oder auch nicht wieder — Fort! Schnell! Eh ich
weich werde.

(beide gehen ab mit verhüllten Gesichtern)

Neunter Aufttrit.

R. Moor. (allein, sehr heiter)

Und auch ich bin ein guter Bürger — Erfül
ich nicht das entsezlichste Gesez? Ehr ich es nicht?
Räch ich es nicht? — Ich erinnere mich, einer
armen Officier gesprochen zu haben, als ich her-
überkam, der im Taglohn arbeitet, und eilf lebendige Kinder hat — Man hat hundert Dukaten ge-
boten, wer den großen Räuber lebendig liefert —
Dem Mann kann geholfen werden.

(er geht ab)